엄마 이야기

남희우 수필집

엄마 이야기

초판 1쇄 인쇄 • 2019년 05월 30일
지은이 • 남희우
펴낸이 • 이승훈
펴낸곳 • 해드림출판사
주 소 • 서울 영등포구 경인로82길 3-4(문래동1가 39)
센터플러스빌딩 1004호(우편07371)
전 화 • 02-2612-5552
팩 스 • 02-2688-5568
E-mail • jlee5059@hanmail.net

등록번호 • 제2013-000076
등록일자 • 2008년 9월 29일

ISBN 979-11-5634-339-4

엄마 이야기

남희우 수필집

해드림출판사

책을 내면서

나는 자식들과 앉아서 이야기할 때가 제일 행복한 순간이었다. 가족 간에는 끝없는 대화가 오고 간다. 부모와 자식 간의 대화를 통해 자식들이 사랑과 규율, 책임, 의무, 존경을 배운다. 또 형제자매 간의 대화 속에서 우애와 양보, 협동, 배려, 사회생활 등을 배울 수 있다.

그래서 자연스럽게 가풍도 만들어지며 자식들의 성품과 인격도 함양된다고 생각한다. 우리 집 자식들은 아버지의 해외 근무지를 따라 학교 교육을 받아야 하였다. 어느 시기에는 조기 유학을 의도하지 않았으나, 일찍 부모와 떨어져 외국에서 학교에 다녀야 하였다.

그런 때면 어린 자식들이 늘 염려스러웠으며 항상 자식들과의 대화에 굶주려 살았다. 장성해서 결혼한 뒤에도 멀리 떨어져 살고 있다. 가까이 사는 딸도 바쁜 생활에 자주 만나기가 쉽지 않으며, 만난다 해도 하고 싶은 이야기를 여유롭게 끄집어내기가 쉽지 않다.

나이가 들고 보니, 밤잠 잃은 밤에는 눈 감고 누워서 나 혼자 켜켜이 묵은 추억을 회상하게 된다. 그런 이야기를 자식들에게 들려주고 싶어서 글로 써 보았다. 문학적 소양도 없이 썼으나 나의 작은 발자국이다.

시애틀에 앉아서 시카고에 사는 손자의 재롱을 아이패드로 볼 수 있는 세상에 감사한다. 가족 이야기를 두서없이 썼기에 부끄럽다. 다만 오랫동안 떨어져 살았던 자식들에게 들려주고 싶은 글일 뿐이다. 며느리가 맞춤법을 보았고 아들은 표지 사진을 찍었다.

이 책 『엄마 이야기』의 소재와 배경이 되신 분들과 내 가족 그리고 책의 출판을 맡아 주신 이승훈 해드림출판사 대표에게 고마움을 표한다.

2019년 봄

미국 시애틀에서

남 희 우

차 례

3. 손자의 뒷모습

4. 나를 웃게 하는 목각 인형

5. 집안에 유일한 손녀딸

6. 튤립 페스티벌

7. 내 눈이 자주 가는 사진 한 장

8. 그랜드 캐니언 관광

9. 손자의 놀이

1. 벽에 걸린 그림 한 점

어깨동무

시애틀이 그리운 까닭

딸의 대학 졸업식을 마친 며칠 후 앤아버에서 시애틀로 오게 되었다. 미시간 대학교 약학 대학에서 파머시 닥터 학위를 받은 딸아이는, 시애틀의 한 종합병원에서 일하게 되어 있었다.

졸업식에는 서울에서 엄마가, 시카고에서 제 큰오빠가, 위스콘신 매디슨에서 작은오빠가 졸업을 축하해 주러 왔다. 서울에서 주택을 신축한 아버지는 해결해야 할 일로 참석 못 한 것이 두고두고 아쉬움으로 남는다.

몇 년 살았던 집의 짐을 정리하여 일부는 딸이 근무할 병원으로, 일부는 시카고의 큰오빠네 집으로 보내고, 또 자질

구례한 짐은 우체국을 통해 부치고 오다가 그만 자동차 접촉 사고가 났다. 이것저것 남은 물건을 싣고 시카고까지 가야 하는데 큰일이 난 것이다.

딸과 나는 이 상황을 어찌 해결해야 할지 난감할 뿐이었다. 딸네 근처 바디샵에 알아보니, 고치려면 2천 불이 들고 차를 팔려면 5백 불을 준다는데 2천 불을 들여 차를 고친다는 것은 우리 형편이 허락하지 않았다. 나는 여행 중이고 딸은 학생이니 2천 불은 적은 돈이 아니었다. 딸아이는 며칠 후 약사 국가시험을 시애틀의 워싱턴 대학에서 치러야 한다. 딸이 공부하러 도서관으로 간 사이, 딸네 아파트에 홀로 남은 나는 답답하기 그지없었다.

바디샵에서 하는 말은 차는 시카고까지 갈 수 없는 상태이며, 그 상태로 몰고 가다가는 큰 사고가 생길 위험이 있다는 것이다. 딸이 없는 사이 주소록을 뒤져 한국인 목사와 미국인 목사에게 전화를 걸어 믿을 수 있는 바디샵을 소개해 줄 수 있느냐고 물었지만 별 신통한 말을 못 얻었다.

시간상으로 촉박한 처지에서 딸아이가 묘안을 생각해 냈다. 차종이 혼다여서 혼다 딜러에 수리 공장이 있음을 알아내 찾아간 것이다. 공장에 도착해 설명을 해주자, 차를 살펴보던 미국인이 공장 안에서 큰 집게 모양인 연장을 들고 나와 손잡이를 양손에 나눠 잡고는 탕탕 소리를 내며 부속을 잡아당겼다. 그러고는 이제 됐다며 시카고까지 가도 된다는 것이다. 돈도 받지 않았으니 구세주를 만난 셈이었다. 머리 숙여 고맙다는 인사를 한 우리는, 예정대로 시카고 큰아들네 아파트로 갈 수 있었다.

차를 고쳐준 사람의 명함을 받아 오지 않아 못내 아쉬웠다. 차는 아들네 집에 놓고 이틀 후 시애틀을 향해 비행기를 탔다. 딸과 나란히 앉은 내 머리는 복잡하기 짝이 없었다. 그때까지 시애틀이 어디 있는지도 몰랐다. 약사 국가시험 장소도 알아보고, 딸이 살 집도 구해야 하고, 출근 날까지는 모든 준비를 해줘야 하는데, 어떻게 해야 하나 걱정뿐이었다. 작은 일도 크게 걱정부터 하는 내 성격 탓도 있었다.

시애틀 공항이 낯설게 우리를 맞았다. 시애틀에 첫발을 내디딘 것이다. 공항 출구로 나오자, 약사 시험 장소가 가까운 호텔도 지나간다는 셔틀버스가 있어 탔다. 버스 안에는 중국계 여학생이 타고 있었다. 동양인이라는 동질감에서 그 여학생 앞으로 조심스레 다가갔다. 모르는 사람에게 말을 시킨다며 딸이 못마땅해 하였지만 나는 아랑곳없이 어디 가느냐고 물어보았다. 위스콘신 매디슨 대학에 다니는데, 워싱턴 대학에서 서머스쿨을 하려고 친구네로 간단다.

따라가도 되겠냐고 대뜸 물어보았다. 괜찮다는 여학생의 대답을 듣는 순간 마음이 놓였다. 물 많고 나무 많다는 시애틀로 가는 길은, 내내 긴장한 탓인지 눈에 들어오는 게 별로 없었다. 도심지로 들어서자 육중한 고가 도로만 구불구불 나 있어 무시무시한 느낌마저 들었다. 목적지에 도착해서 학생들이 빌려 사는 아파트를 알아보니 다행히 빈방이 있었다. 우리는 그 즉시 관리사무실로 가서 계약을 하고 빈방을 둘러보았다.

다음 날 도보로 시험 장소를 답사한 후, 시험 당일에는 택시로 갔다. 딸은 아침부터 저녁까지 이틀 동안 시험을 치르고 나왔다. 시험장은 워싱턴대학병원 건물이었다. 딸이 시험 보는 동안 병원 로비에서 기다리고 있을 때, 미국 할머니가 말을 걸어왔다. 워싱턴대학병원이 좋은 병원이란다. 알래스카에서 사는 아들이 암 수술을 여기서 받았다는 이야기도 들려주었다.

딸이 살 방도 구했고 시험도 끝났다. 근처 달러샵을 들락거리며 이것저것 마련해 생활할 수 있게 해주고, 사과 상자를 겹쳐 신발장도 마련해 주었다. 방은 원룸 시스템이라, 침실과 화장실만 개인용이었다. 부엌은 공동 부엌이었으며, 빨래는 코인런드리에서 해야 했다. 우선 아쉬운 대로 딸이 잘살 수 있을 것 같았다.

처음 병원으로 출근하던 날, 딸아이는 꽃무늬가 자잘한 자주색 실크 원피스에 흰 레스로 된 컬러가 달린 귀여운 차림으로 집을 나섰다. 딸아이의 첫 출근이 궁금해서 버스를 타고 병원으로 갔다. 병원 카페테리아에서 기다리는데, 딸이 보스인 여자와 같이 들어왔다. 딸의 보스에게 딸을 잘 부탁한다는 뜻을 정중하게 전했다.

이틀 후, 공항에서 몹시 서운해 하는 딸과 헤어졌다. 딸을 뒤에 두고 돌아서는 나는, 우리 딸을 누가 번쩍 업고 가버릴 거 같은 불안한 마음을 안고 서울로 돌아왔다.

눈만 뜨면 딸이 사는 시애틀이 눈에 선히 떠오른다. 딸아이가 보스와 함께 병원 카페테리아에 나타나 미소 짓던 모습은 영영 잊지 못할 것이다.

바바리코트 입은 청년

하루하루를 무료하게 시간을 보내던 어느 날, 신문 광고에 KBS한국방송이 주관하고 전국 축산 협회가 협찬하는 전국 요리 경연 대회가 열린다는 광고를 보게 되었다. 대회에 참가해 볼까 말까 망설이다가, 요리를 잘하고 못하고를 떠나서 평생을 했던 일이 음식이니 한번 응시해 보기로 했다.

장소는 육삼빌딩 너머 한강 둔치 모래시장이었다. 대회 날짜에 준비물을 가지고 남편의 도움을 청해서 택시로 대회장에 갔다. 전국 규모로 하는 대회라 시험장이 어마어마한 규모이다. 무대도 앞에 설치되었고, KBS 아나운서가 사회를 보고, 코미디언 엄용수가 진행을 맡고 있다. 경연장에는 긴 테이블을 나란히 늘어놓았다.

요리 경연은 소고기, 돼지고기, 닭고기 부분으로 나누어 실시하고 각 부분에서 일등 이등 삼등을 뽑아 시상하기로 되어 있었다. 참석자들은 자기가 만들 부분의 요리를 해내는 것이었다. 심사 위원은 대학교 조리학과 교수들과 조리 관계자들로 구성되었다. 나는 닭고기 부분을 택하여 요리를 만들고 '닭고기 누름적'이란 이름을 붙여 출품하였다.

나는 주위 사람들의 요리를 보고 깜짝 놀랐다. 국제 감각이 뛰어난 주부들의 요리 실력에 감탄하였다. 한국 주부들의 솜씨가 국제적인 수준에 달했다는 것을 알게 되었다. 심사위원들이 돌아다니며 주부들이 만든 요리를 심사하고 의견을 종합해서 결과를 발표했는데, 나는 닭고기 부분에서 3등을 하였다. 장려상을 받은 것이다.

상금으로 30만 원과 부상으로 보리차 달이는 용도로 쓰는 큰 노란 양은 주전자를 받았다. 플라스틱 도마와 '94 KBS 전국요리대축제'라고 쓴 햇빛 가리는 캡도 받았다. 남편은 농담 반 진담 반으로 겨우 장려상이야 하였다. 상금은 한식 조리사 자격증을 따기 위해 노량진에 있는 요리 학원에 등록금으로 썼다.

대회가 끝나고 약 20일 후에 전화 한 통을 받았다. KBS

한국방송에서 상 받은 요리를 모아서 책으로 만든다는 전화였다. 출품 요리를 며칠까지 만들어 달라는 것이었다. 약속 날에 맞추어 다시 '닭고기 누름적'을 정성껏 만들어서, 만나자는 약속 장소인 노량진 전철역으로 갔다. 그곳에서 바바리코드 입은 사람을 찾아서, 조리 방법을 쓴 노트와 요리를 전해 주었다. 빨간 방울 무를 모양내어 깎아서 싼 것을 같이 주면서, 예쁘게 사진을 찍어 달라고 부탁했다.

그 후에 안 일이다. KBS에서는 그런 일이 없었단다. 하루는 외사촌 여동생이 왔기에 이야기를 했더니, 동생이 "바바리코트 입은 녀석이 사기를 쳤네." 하였다. 우리 둘은 웃고 말았다.

벽에 걸린 그림 한 점

딸네 집의 외손자 방에 들어가면 벽에 걸린 수채화 한 점이 내 시선을 끈다. 그 그림의 내용은 어린 남매가 어깨동무하면서 꽃길을 걸어가는 뒷모습이다. 여동생은 4세로 오빠는 6세 정도로 보인다.

원피스 차림에 검은색 스타킹을 신고 노란 머리를 길게 딴 여동생은 오른손을 간신히 키가 큰 오빠의 오른쪽 어깨에 걸치고, 오빠는 왼손을 동생의 왼쪽 어깨에 얹고, 양쪽으로 꽃이 만발한 꽃길을 걸어가고 있는 모습은 귀엽기 그지없다.

우리 딸은 미시간 대학교에서 공부할 때 살던 집에서 아파트로 이사하게 되어 시카고에서 공부하는 큰오빠에게 이사하는 것을 도와 달라고 청했다고 하였다. 오빠는 바빴지만, 동생의 이사를 도우려고 시카고에서 기차를 타고 미시간 앤아버로 가서 이삿짐을 날라 주었다.

이사를 도와주고 다시 시카고로 돌아가는 오빠를 기차역까지 배웅하고 돌아오는 길에 우리 딸은 한참을 울었다고 하였다. 서울에 앉아서 딸의 전화를 듣는 순간, 내 가슴이 몹시 저렸다. 딸이 돌아서서 울었다는 의미가 무엇인지 나는 알고 있었으니까. 외국인 학생 신분으로 연년생 삼 남매의 학비 조달은 부모의 의무이지만, 부모의 형편을 잘 따라 주었던 자식들이 고마웠다. 오라비의 초라한 행색이 딸을 울게 했을 것이라고 짐작하였다. 나는 보지 못하고 전화로만 듣고 있었지만, 큰아들과 딸의 모습이 눈에 선했으니까.

어린 삼 남매가 부모와 떨어져 공부한다고 미시간에서, 시카고에서, 또 위스콘신에서, 풍족하지 않은 생활비 때문에 얼마나 초라한 생활을 했을까. 공부하느라 바빠서 옷을 제대로 챙겨 입고 다니기도 힘들었겠다고 생각한다. 엄마가 옆에 있었으면, 이것저것 챙겨 주었겠지만 미안하구나.

우리 큰아들은 누구와 걸어갈 때 옆에서 같이 걸어가는 사람의 어깨에 팔을 얹어서 어깨동무하는 버릇이 있다. 엄마나 동생하고 걸어갈라치면 옆 사람의 어깨에 자기 팔을 올려서 어깨동무한다.

딸아이가 아파트로 이사하고 며칠 뒤 길을 가다가 그림 한 점이 눈에 들어와 얼른 사서 왔다는 그림이, 지금 외손자 방에 걸려 있는 그림이다. 어깨동무 잘하는 오라비 모습이 생각나서 얼른 샀을 것이다.

그림 속의 어린 남매를 보고 있으면, 너무 귀여워 와락 안아 주고 싶다. 우리 아들딸의 어렸을 적 모습을 보는 것 같은 느낌이 든다.

외로웠구나! 큰아들아

아들이 첫 학기를 대학에서 공부하고 크리스마스 휴가를 맞아 집에 다녀가던 날이었다. "학교에 도착하면 엄마한테 전화해라." 공항 탑승장 앞에서 했던 말이다.

아들에게서 전화가 왔다. "잘 도착했구나. 그래 모든 것 잘하고 있어라." 하자, 아들은 "네" 하더니 울음 섞인 떨리는 목소리로 "엄마는 외로움이 어떤 것인지 모르세요."라고 한마디 하고 전화를 끊는다.

아들은 마이애미에서 중, 고등학교를 마치고 처음 집을 떠나 어바나 샴페인에 있는 일리노이 대학교에 가서 공부하고 있었다. 만 16세에 대학을 갔으니 아직은 가정이란 울타리 안에서 부모의 보살핌이 필요한 나이였다. 전자 공학을 공부하는 아들은 자기가 하고 싶은 공부가 의대에 가는 것이었다. 남편과 떨어져 있을 때였고 또 아들이 외국인 유학생 신분이어서, 나는 아들의 전공을 정하기가 어려워 고민하였다.

애초에 아들은 의대를 염두에 두고 있었으므로 존스홉킨스대학교의 입학 허가를 받았고, 고등학교 카운슬러도 "수고했다. 대학 가기 전에 푹 쉬어라."라는 말까지 해주었던 터였다.

유학생 신분으로 국민 건강을 책임지는 의과 진학이 가능한지 잘 몰라서, 하루는 집에서 가까운 곳에 있는 마이애미 공과대학 학장이 대만 출신 동양 사람이란 것을 알고 찾아갔다. 나의 질문에 그 학장은 "미국인이 세금을 내서 왜 외국 학생의 의대 다니는 것을 허용하겠느냐. 몇 년 공부하고 정작 의대를 못 간다면 허사가 아니냐. 공대를 졸업하고 의대를 갈 수 있다."고 말하며 공과대학 가는 것이 좋다는 뜻으로 조언하는 것이었다.

동경에 있던 남편은 공과대학 학장의 말을 전해 듣고, 전자 공학은 의대 공부하는 것 못지않다고 말해주었다. 그 마이애미 공과대학 학장이 의대 학장이었으면, 어떤 조언을 들을 수 있었을까 하고 의문도 해 보았다.

아들은 본인 의지와 달리 일리노이 대학교 공과 대학의 전자 공학과를 택하게 되었다. 후에 알게 됐지만, 아들의 좌절이 컸던 것을 알았다. 자식의 전공을 부모의 지시로 결정을 했으니, 아들에게 미안하고 잘못했구나 하는 생각을 깊이 느꼈다.

대학에 가서, 첫 크리스마스 휴가에 집으로 오는 아들을 공항으로 마중 나갔을 때 멀리서 초라한 모습으로 걸어오던 우리 아들의 모습과 대학에 돌아가서 "엄마는 외로운 것이 무엇인지 모르세요."라고 한 말이, 내 마음을 몹시 아프게 하였다. 자식의 의지를 꺾은 나는 항상 미안함을 느낀다.

아들은 본인의 의지와 다른 학문을 배워 학위까지 받느라 얼마나 힘들었으랴. 지금 우리 큰아들은 시카고에 있는 전자 회사에서 프린시플 엔지니어로 매니저 일을 하고 있다.

마지막 열정

아침 식사를 빵으로 간단히 먹은 뒤 남편의 점심을 준비해 놓고 한약국이 있는 제기동으로 출근한다. 남편은 공직을 퇴직한 후에 수필 쓰는 일로 소일을 한다.

남편은 공직에 있을 때부터 책을 써 왔던 사람이라 늘 책상 앞에서 시간을 보냈다. 그러나 나는 할 일이 별로 없어서 생활이 무료하였다. 무엇이든 많으면 좋은 줄 알았는데, 여가가 많이 나니까 허송세월을 하게 되었다.

자식들도 주위에 없으니 할 일이 더욱더 없었다. 약사 면허는 가지고 있으나, 오랜 외국 생활로 다시 약사로 일하기에는 내 나이가 많다는 생각이 들었다. 하루는 문화 센터

같은 데서 운영하는 요리 교실에서 초보 주부들에게 기본 요리 같은 것을 가르치는 봉사 활동을 생각해 보았다. 노량진에는 요리 학원과 제과 제빵 기술 학원이 있다.

어느 날 제과 재료를 문의할 일로 제과 제빵 기술 학원을 찾았다. 그랬더니 그곳 강사가 "할머니 제과 기술 자격 한 번 따 보시죠" 하는데, 진담 반 농담 반으로 들렸다. 혼자 웃으며 집에 와서 생각하니, 기회가 있어 조리 강사를 하려고 해도 자격증이 필요할 것 같았다.

그다음 날 제과 제빵 기술 학원에 가서 등록하고 다녔다. 학생들은 젊은 주부들과 고등학교를 졸업하고 대학 진학이 어려운 남학생과 여학생들이었다. 나는 소정의 과정을 마치고, 영양학과 위생학 등등 몇 과목 필기시험을 보아 통과했다. 실기 시험도 통과하여, 한국 기능 공단에서 제과 제빵 기능사 자격증을 받았다.

기능사 자격증을 받고 보니, 욕심이 났다. 다시 한식 요리 학원에 다녀서 요리사 자격증을 받았다. 양식 중식 일식 요리사 자격증까지 받을 계획을 세웠을 때, 동네 약국의 약사로부터 약사 면허를 소지한 사람만 단 한 번의 한약사 국가시험의 기회를 준다는 말을 듣고 귀가 번쩍했다.

즉시 후배 약사에게 문의해서 필요한 책과 카세트테이프 24개로 된 교재를 샀다. 그 후배는 여약사 한약학 강의실도 소개하였다. 첫 강의실을 찾은 날은 몹시 추운 정월 초순 어느 날인데, 강사는 내 나이 되도록 한 번도 써 본 일이 없는 한자로만 강의하였다. 한자를 쓰려면 획을 어디서부터 써야 하나 스트레스만 받고 집으로 왔다.

한의학은 중국에서 왔다지만 본 일도 없는 한자로만 배우는 것이 어려웠다. 며칠 뒤에 약대 교수진으로 구성된 강의실이 마련되어서 등록하였다. 결혼식장의 피로연장을 몇 달 빌려서 하는 강의였다. 약사들이 자꾸 몰려와 그 넓은 장소는 늘 입추의 여지가 없어, 늦게 가면 강의를 받기 힘들었다. 단 한 번의 기회만 준다는 말에 더욱 모이는 것 같았다.

아침 9시부터 시작하는 강의를 듣기 위해, 청력이 약한 나는 새벽 6시에 집을 떠나 강의실에 도착하는 즉시 앞자리를 차지하고 앉았다. 또 오후 시간 강의는 교회 건물을 빌려서 하는 강의를 들었다. 몇 달간 소정의 강의가 끝나고 보니, 시험 일까지는 얼마간 시일이 남았다.

집에서는 공부가 안되고 도서관에 가야만 할 수 있는 습관이 있어, 아침 8시부터 저녁 6시까지 서울시 교육청에서 운영하는 동작도서관에 가서 열심히 시험 준비를 했다. 집에서 공부한다고 자정이 넘게 앉아 있을 때는, 남편이 나이 들어 무슨 고생이냐고 하였다. 다음 날 일어나면 남편의 점심을 준비해 놓고 도서관에 갔다가 저녁 식사 준비를 위해 뛰어오다시피 왔다.

도서관에서 나이 차가 많은 젊은 약사를 알게 되었다. 그 젊은 약사는 나에게 초콜릿을 주면서 "약사님, 잡수세요. 피로를 덜어 줄 수 있어요." 하고 위로도 하고, 점심시간에는 둘이 만나서 시험 문제에 관해서 이야기도 나누었다.

우리는 시험에 통과되든 안 되든 어서 빨리 시험 일이 지났으면 좋겠다고 스트레스를 호소하였다. 시험날 나는 배정받은 시험 장소에 가서, 오전에 과목별로 필기시험을 치렀고 오후에는 한약재 감별 시험을 보았다. 시험이 끝나니, 속이 후련했다. 발표하는 날, ARS로 통과 여부를 문의하였다. 첫 마디가 "축하합니다"라는 소리를 듣고, 그동안 쏟았던 노력에 보람을 느꼈다.

한약사 자격증을 받고 무료한 시간을 보내려고 시작한 관리 약사 생활은 성심성의껏 내 역할을 다하는 14년의 세월이었다. 약국 주인 내외가 약사님 덕택에 우리가 부자 됐다는 말은, 빈말이 아니고 진심인 것을 나는 확신한다.

되돌아보면, 환갑이 지난 나이에 새로운 학문을 공부하기는 쉽지 않았음을 깨닫는다. 여약사 한의학 강의를 떠올리면, 선무당이 사람 잡는다는 말로 표현해도 될 것 같다.

우리 손자 재원이

저녁 준비로 쌀을 씻는데, 아이패드가 나를 부른다. 나도 모르게 빨리 열어 보니, 시카고에 사는 손자 재원이다. 아유, 우리 손자를 엄마가 이유식을 먹이고 있구나.

시차가 2시간이 빠른 시카고는, 저녁 식사 시간이구나. 시애틀에 앉아서 시카고 손자가 저녁 먹는 모습을 볼 수 있으니, 얼마나 좋은 세상에서 내가 살고 있는지 참 감사할 일이다.

재원아, 네가 6개월이 되었을 무렵 너의 엄마가 컨퍼런스에 참석하기 위해 출장을 갔을 때, 너의 아빠가 너를 며칠 돌보면서 직장을 다녔다. 무척 힘든 일이었을 것이다.

한 달 반쯤 지나 너의 엄마가 또 출장을 가게 되었을 때는, 너의 아빠가 "어머니 오셔서 아기 좀 봐 주세요" 해서 너의 집에 갔다. 며칠 동안 너하고 같은 방에서 잤지.

할미가 집을 떠날 때는 걱정이 많았다. 너를 안다가 뒤로 넘어지기라도 하면 어쩌나 하는 조심 때문에 긴장을 많이 하고 갔었지. 막상 어린 너를 며칠 봐줄 때는 감동을 많이 했다. 나는 밤에 네가 자다가 중간에 깨면 어쩌나 걱정이 됐었다. 그것은 괜한 걱정이었다. 너는 밤새 자고 아침 5시 너머 잠에서 깨더구나. 어린애들은 잠에서 깨면 울면서 잠을 깬 표시를 하는데, 너는 다르더라.

아직 밖이 어둡고 방안도 캄캄한데 네가 깨어서 입맛을 쩍쩍 다시면, 나는 아기가 입이 마르는가 싶었다. 손톱으로 바닥을 득득 긁는 소리도 나더라. 그리고 몸을 이리 쿵 저리 쿵 부딪치는 소리도 들리었다. 어떻게 할까 생각하다가 울지 않아서 그대로 놓아두었단다. 캄캄한 데서 한참을 그렇게 깨어 있었지.

어쩌면 어린아이가 어른이 올 때까지 깨어서 울지 않고 기다리는 참을성을 가졌는지. 너는 어리지만 대견스러운 아기구나. 천성도 있겠지만 정성을 다해 길러 주신 외할머니 육아가 너를 그렇게 길러 주셨다고 믿는다.

나는 감탄하고 시애틀에 돌아왔다. 속 깊은 우리 손자 너.

를 잠시 안아 보고 데이케어에 데리고 갔다 온 일은 내 기억에 영원히 남으리라. 귀여운 손자야.

퍼스트 댄스

퇴근해서 열쇠로 문을 열고 집에 들어서니, 우리 집 남편이 거실에서 댄스 연습을 하고 있었다. 빙그레 웃으면서 젊어서 배운 것과 많이 차이가 난다고 한다.

환갑이 넘은 나이에 댄스를 배우다니, 나도 웃음이 절로 난다. 남편이 댄스를 배우는 이유는 2개월 후면 미국 시애틀에서 딸아이가 결혼식을 올리는데, 피로연에서 딸의 손을 잡고 퍼스트 댄스(first dance)를 추기 위해서다.

올해 2월에 약혼식을 한 우리 딸은 10월에 결혼식을 예정하고 있었다. 결혼식을 2개월 앞두고 딸아이가 시애틀에서 서울에 있는 엄마한테 전화를 걸어 왔다. 미국식 결혼식은 피로연 때 신부가 친정아버지와 퍼스트 댄스로 시작한다는 것이었다. 그 소리를 듣고 아버지는 동네 댄스 교습소에 등록하고 댄스를 배웠다.

우리 딸은 어린 나이에 아버지 직장을 따라 미국에서 공부하고, 약사로 직장 생활을 하다가 결혼까지 하게 되었다. 일찍이 부모와 떨어져 있어서 우리 내외는 항상 안쓰럽고 미안한 생각이 들었다. 더욱이 혼자 있으니 결혼 성사가 여의치 않은 터에, 결혼한다는 소식은 우리 마음을 놓이게 하였다.

남편은 다가오는 딸의 결혼 준비를 위해, 기쁜 마음으로 댄스 교습소에 열심히 다니고 집에서도 틈만 나면 연습하였다. 딸의 결혼 피로연에서 딸의 손을 잡고 퍼스트 댄스를 할 것을 상상하며, 기분이 들떠 있었다.

우리 집 옥상에는 마당이 있다. 위층으로 올라가 남편의 서재를 통해서 나갈 수 있는 마당이다. 양지쪽에 화분과 장독과 빨래 건조대가 놓여 있다. 여기서 대각선으로 보이는 건너편 독서실 건물은, 거리가 가깝고 우리 집보다 한 층이 높아서, 독서실 옥상에서 우리 집 옥상 마당을 훤히 건너다 볼 수 있다.

그 독서실 학생들은 공부하다가 옥상으로 나와서, 공기도 마시고 빨래들도 말리고 간혹 담배도 피웠다. 주위에 있는 집들은 모두 단층집이고 우리 집은 3층 고시원은 4층 집이다.

하루는 내가 빨래를 널러 우리 집 옥상에 올라가 보고 놀랐다. 흰색 벽면 여기저기에 감물이 진하게 들어 있었고, 모자이크 바닥에는 연시 몇 개가 떨어져 있었다. 독서실 학생들이 감을 던져서 우리 옥상의 벽을 물들인 것이었다.

그 학생들은 우리 집 남편이 아침 일찍 옥상 마당에서 댄스 연습을 하는 것을 보고는, 할아버지가 춤바람이 나셨다고 생각했을 것이다. 딸의 손을 잡는 자세로 아침 운동 삼아 댄스 연습을 하는 모습은, 공부하느라 지친 학생들의 심기를 건드렸음이 틀림없을 것이다.

넓은 거실에서도 연습할 수 있는데, 우리 집 남편은 학생들 눈치도 안 보고 딸의 손을 잡고 춤을 출 생각만 하였나 보다. 학생들 처지를 헤아리니, 화날 만해 보였다. 그들을 찾아가 할아버지가 춤바람이 난 것 아니라고 설명할까 하다가 그만두었다.

2. 할머니 할아버지 사랑해요

키 웨스트

내 뼈가 녹는 순간

큰아들이 학위 졸업을 1년 정도 남긴, 연구가 중요한 고비에 다다른 시기였다. 이런 시기는 연구하는 학생이나 연구비를 유치하는 담당 교수는 물론, 투자해서 연구 성과를 기대하는 회사는 초긴장으로 연구 실적과 결과를 기다리는 때라고 알고 있었다.

그러던 1995년 3월 한국 병무청에서 우리 아들은 나이가 만 27세로 병역 연장의 만기라고 하면서 병역 의무를 해야 하니 영장을 보낸다는 소식을 받게 되었다. 평소에도 어른들의 염려를 들어서 아들은 군 복무를 염두에 두고 있었지만, 중학교부터 미국에서 공부하느라고 다른 일에는 여념이 없는 아들에게 이 소식을 어떻게 전하나 고민하던 중, 병무청으로부터 군에 복무하라는 영장을 받은 것이다.

나는 이 일을 어떻게 알리나 가슴이 무너지는 기분이었다. 병역을 피하려는 것이 아니었다. 아들의 학업과 너무도 시기가 맞지 않는 때여서다. 그러나 국가에서 하는 일이니 아들에게 전화하였다. "성복아 오늘 병무청에서 군에 복무하라는 영장이 나왔다. 너 군대 가야 해." 아들의 "네?" 하고 놀라는 소리를 듣는 순간, 내 뼈가 녹는 것 같았다. 아들의 좌절을 생각하니 견딜 수가 없었다.

그때 담당 교수가 병무청에 편지를 보냈다. 수석 연구원인 우리 아들이 연구실에서 빠진다는 것은 지도 교수에게도 큰일이 난 것이었다. 이 연구는 미국에도 당신네 나라에도 꼭 필요한 연구이니, 군 소집을 1년만 연장하면 안 되겠냐고 교수가 썼으나 무산되었고, 청와대까지도 편지를 냈으나 허사였다. 교수가 얼마나 다급했으면, 병무청과 청와대에다 우리 아들의 입영 연기를 탄원했을까. 교수가 이렇게 하는 것은 거의 없는 일이라고 하였다. 하루가 새롭게 발전하는 과학의 연구는 시간이 금인 것 같았다.

아들은 막중한 손실과 실망을 추스르고 서울 집으로 돌아왔다. 만 27세 나이에 논산에 있는 육군훈련소에 들어가서, 19세에서 20세 된 훈련병들과 함께 훈련을 받았다. 아들은 운동을 좋아해서 체격이 당당했다. 그런데 어린 훈련병들은 저 아저씨가 제대로 훈련을 받을까 의문을 가진 것 같았다. 훈련병들이 훈련을 마친 후 모여서 사진을 찍고 뒷면에 저마다 한 마디씩 적은 것을 보니, "이제까지 살아왔던 우리들은 다시 한번 나 자신을 생각하게 되었다"라는 말도 있었다. 어린 자기들보다 성실하고 진지하게 훈련받는 우리 아들을 존경한다는 뜻으로 모두 사인을 하였다.

부대 배치를 받고 병역 의무가 끝나서 제대하는 날, 부대장 소령은 아들에게 "진짜 군인 제대한다."라는 말을 했다고 하였다. 우리 아들을 성실하고 책임감 있는 사람이라고 본 것이다. 제대 후 우리 아들도 잃은 것만 있는 게 아니고 얻은 것도 있다고 말했다.

다시 공부하러 떠나는 아들이 공항 라운지를 나와서 탑승구를 향해 뚜벅뚜벅 걸어가는 모습을 보니, 헤어짐의 아쉬움과 대한민국 국방의 의무를 마치고 가는 홀가분함이 동시에 느껴졌다. 고맙다 아들아.

내가 자주 듣던 "That's Not Fair!"

우리 딸이 마이애미에서 윈스턴 파크 초등학교에 다닐 때였다. 학교에서 봉사 활동을 할 수 있느냐고 물어왔다. 나는 가능하다고 답을 하고 학교로 갔다. 아침부터 3시간 봉사하는 일이다.

하는 일은 교무실 옆 방에 앉아서 몸이 아파서 공부할 수 없는 아이가 홈룸 선생의 패스를 가지고 들어오면, 학생 이름, 홈룸 선생 이름, 들어온 시간을 기록하고, 아이들을 데리고 있다가 몸이 회복되어 교실로 가게 되면 나가는 시간을 기록하고, 또 집에 부모가 있어서 집으로 데려갈 때는 나간 시간을 기록하는 일이다. 내가 할 수 있는 일은 냉장

고의 얼음이나 약솜을 주는 일밖에 없다.

하루는 남자아이 둘이 옆에 방 선생님에게 왔다. 둘 사이에 서로 다툼이 있어 결론을 얻으러 온 것이었다. 자기들 사이에 문제점을 설명하고 선생님의 설명과 판단을 듣고, 의연한 발걸음으로 걸어 나가는 모습은 멋이 있었다. 옳고 그름을 분명히 따져 주는 선생님과 선생님의 말씀에 수긍하는 학생의 모습은, 합리적인 사고를 기르는 교육의 모범으로 보였으며 그렇게 배운 학생들은 앞으로 나라의 일꾼이 될 것이다.

전에 한국에서 내가 본 아이들은, 옳고 그름을 떠나 힘이 센 학생이 때려 주고 힘이 약한 학생이 맞았고, 맞은 학생은 분한 마음을 씩씩거리며 불합리를 괴로워하는 모습이었다. 그렇게 부당하게 맞으며 자란 어린이들이 어른이 되어서는 어떻게 살아가려는지 염려되었다. 합리적 사고방식은 어려서부터 배워야 하고 익혀야 한다는 생각이었다.

딸의 초등학교에서 봉사 활동을 하는 동안, 어린이들에게서 자주 듣던 말은 "That's not fair!"라는 말이다. 몇 달이 지난 후 딸 졸업식 때, 데이드카운티 교육청 교육장으로부터 감사장을 받았다.

둘째야

가끔 너를 생각할 때면, 어렸을 적에 한국에서 초등학교 다니던 모습이 떠오르는구나. 학교에 갈 때는, 아무리 추운 날에도 머리를 감고 빗질을 가지런히 해서 빗 자국이 남게 하고, 삼 남매 중에서 제일 먼저 집을 나서서 학교에 갔지.

엄마가 "선생님 말씀 잘 듣고 열심히 공부하고 와"라고 하면, "네" 하고 신발주머니를 돌리면서 학교에 갔다. 너는 형과는 12개월 반 차이이고, 여동생과는 15개월 차이가 난다. 네가 겨우 걸음을 배울 때, 동생을 보았다.

너에게 동생이 오빠라고 하기에는 너는 너무 어린 아기

였지. 어린 형과 동생 사이에 태어나서 고생했구나. 형도 겨우 돌을 지냈을 때, 너를 동생으로 맞아서 고생했을 것이다. 너의 동생을 뉘고 그 옆에 엄마가 누워 있으면, 너는 꼭 엄마 팔을 끌어다 베고 잤단다. 얼마나 엄마 품이 그리웠으면 그랬겠니.

네가 걸음마를 하기 전에 겨우 앉아서 장난감을 가지고 놀 때, 처음 보는 낯선 물건이 있으면 집어서 얼른 형에게 주더라. 아기들은 처음 보는 물건에 호기심이 많아서, 가지고 놀려고 안 뺏기려 하는데 너는 다르더라. 기어 다니는 아기지만 너의 생각으로 아마 형이 너보다 힘이 셀 것으로 생각했나 봐. 또 형과 너에게 양손에 과자를 쥐여 주면, 너는 얼른 한 손에 과자를 입에 넣고 빈손을 뻗어서 형의 과자를 뺏어 먹는 것을 봤지.

장난감은 형에게 먼저 주고 먹을 것은 빼앗아 먹는 것이 아기들의 생존 법칙인지 엄마는 궁금했단다. 너는 초등학교 다닐 때, 친구들을 몰고 와 신나게 놀고 장독대도 올라가 놀기도 했었지. 멀리 사는 친구와는 같이 라면도 먹고 숙제도 하고 아주 재미있게 놀더라. 지금도 너의 친구 강정구 유한성은 어디에 사는지 내 기억에 이름이 남아 있구나.

더운 마이애미 날씨에 고등학교 친한 친구 훵힘을 집에 데리고 왔을 때, 큰 아이스크림을 주니까 서로 쳐다보면서 점잔부리느라 녹은 아이스크림을 줄줄이 흘리면서 먹던 모습들이 눈에 아직도 선하구나. 너희들은 친한 친구 사이지만 서로 예의를 지키며 존중하는 친구 사이였던 것 같이 생각된다. 훵힘은 의사가 됐다면서.

연년생 가운데서 자라느라 고생하였다. 둘째야, 너를 보면 유쾌하구나! 네가 엄마가 하는 말에 잘 웃어서 그렇다.

보이고 싶지 않은 쇼핑

서울 동대문구 제기동 시장은 재래시장 중에서 사람이 제일 많이 모이는 곳이다. 생선, 채소, 과일 등 모두가 신선하고 가격도 합당한 것 같다. 나도 퇴근길에 장을 봐서 노량진까지 간다.

하루는 채소, 하루는 과일, 하루는 생선, 이런 식으로 사려면 일주일에 5일은 장 보따리가 손에 들려 있다. 사다 보면 무게를 이길 수 없게 되는 날도 있고, 장을 안 보고 그냥 가려면 허전하고, 또 필요한 장보기이므로 매일매일 장에 들러 사게 된다.

장 보따리를 들고 집으로 가자면, 제기동 전철역보다 청량리 전철역이 편리하다. 또 청량리 전철역에서 에스컬레이터를 타고 올라가면, 청량리 롯데백화점이다. 버릇처럼 부인복 코너를 둘러 보려면, 점원들이 물건을 보여 주는데 마음에 드는 것도 있다.

"할머니 이것 좋아요" 하고 권하면 마음이 끌린다. 내 몸에 맞는 옷은 낯선 백화점에 가서 찾는 것보다 단골 가게에서 고르는 것이 낫겠다는 생각이 들었다. 자주 들러서 부인복 쇼핑을 한 것이 제법 많았다.

시장 보따리와 백화점 쇼핑백을 들고 집에 들어갈 때면, 우리 집 남편에게 보이고 싶지 않아서 백화점 쇼핑백은 현관 한쪽에 놓고 장 보따리만 들고 들어갔다. 그런 동작은 나 자신 이해할 수가 없고 설명할 수도 없다.

남편이 옷을 못 사 입게 하는 것도 아니었다. 또 늦은 나이지만 용돈을 벌 수 있는 처지였으므로 미안한 생각을 하거나, 보이고 싶지 않을 이유가 없었다. 그렇지만 그때는 남편에게 쇼핑백을 보이지 않았다.

그렇게 장만해서 이민을 올 때 가지고 온 옷들을 때맞춰 입어야 할 텐데, 딱히 입고 갈 곳이 없으며, 입고 버스를 타고 다니기에 거추장스럽고, 걸어야 하는 곳은 운동화를 신고 가며, 비가 오면 입을 수 없으니, 옷장에 그대로 걸어 두고 있다. 또 우리 남편은 멀리 운전할 수 없고, 시애틀 날씨는 우기가 길기도 한 것이 이유일 것이다.

생각 끝에 올해 겨울부터 입어 보지 않은 것은 하나씩 딸네 옷장에 가져다 걸어 놓았다. 딸아, 네가 나이 좀 들면 우아하게 입어라. 유행에 상관없이 고상하게 입을 수 있을 것이다. 그렇게 했으면 하는 바람에서 하나씩 가져다가 딸네 집 옷장에 걸어 주고 있다.

할머니 할아버지 사랑해요

아이패드를 열어 보니, 시카고에 사는 손자가 양팔을 힘껏 머리 위에 올리고 눈을 크게 뜨고 쳐다본다. 15개월 된 손자가 할머니 할아버지 사랑한다는 하트를 만드느라 올린 팔이 힘들어 보이는구나.

이 세상에 가장 귀한 존재가 아기이다. 아기는 인간의 근본이요 핵인지라, 더없이 순수하고 소중하고 자연스러우며 아름답다. 손자가 자라는 모습을 보니, 그것 또한 대견하고 신비하다. 커가는 모습이 재미있다.

내가 아이들을 기를 때는 그런 모습을 볼 겨를이 없었다. 하루가 어떻게 갔으며 세월이 어떻게 흘렀는지 모르고 연년생 삼 남매를 키웠다. 이유식을 어떻게 해서 먹였는지 생각도 안 난다.

옛날에는 아버지가 아기를 "이리 온" 해서 무릎에 앉혀서 재롱도 보고 말도 시켜 보는 일이 드물었다. 아이들 돌보는 것은 전적으로 엄마의 몫이었다. 연년생은 쌍둥이 기르는 것처럼 힘들다고들 한다. 힘든 세월도 시간이 해결해 준다는 것을 알았다.

요즘 젊은 엄마와 아빠가 같이 협력해서 정성을 다해 자식을 기르는 모습은 참 보기가 좋다. 아기를 양육하는 데 아빠가 적극적으로 참여하는 것이 어린이의 정서 발달에도 큰 도움이 된다고 한다. 사람에게 안식을 주는 말 중에 엄마 아빠라는 말보다 더 마땅한 말이 또 어디 있겠니? 어미, 아비야, 힘내라.

어머니 말이 하나님 말씀과 같으니라

미국에 있는 딸아이가 서울에서 거는 내 전화를 받으면서 “엄마, 엄마가 돈이 그렇게 많으세요. 왜 그렇게 전화를 자주 거세요. 우리 모두 잘하고 있는데.” 하며 불만을 말하였다. 전화 요금이 비싸니 자꾸 걸지 말라는 뜻이었다.

아직은 어린 삼 남매가 부모 떨어져 사는 것이 물가에 어린애 둔 것 같은 불안한 마음에, 내 머리에선 아이들이 한시도 떠나지 않았다. 가정이란 울타리 안에서 온 가족이 둘러앉아 밥상머리 교육이 필요한 나이에 멀리 떨어져 있어서, 장거리 전화를 자주 하였다.

내가 전화로 하는 교육은 채소 과일 많이 먹고 요구르트

꼭 먹어라, 학업을 게을리하지 마라, 이성 친구 함부로 사귀지 마라, 이다음에 너희가 어디서 살던지 붙잡는 사람이 되어라, 남을 어렵게 생각하라, 등등 누구나 알고도 남을 말이다. 한 말 또 하고 한 말 또 할 때는, 나 역시 지나치다고 생각할 때도 있었다. 눈으로 볼 수 없었던 국제 전화 요금은 어마어마한 부담이 되었다.

대학 시절에 우리 작은아들은 시카고에 집이 있는 교포 친구와 함께 어느 선교사로부터 성경 공부를 하였다. 하루는 내가 아들에게 이런저런 주의할 말 또 당부할 말을 하고 "어머니 말이 하느님 말씀과 같으니라"고 덧붙였다. 그때 아들은 "엄마 그렇지가 않아요" 하고 목소리를 올리는 것이었다.

나는 아들에게 그렇게 말하고는 매우 어색함을 느꼈다. 부모 마음은 멀리 떨어져 사는 자식이 항상 바른 생활하기를 바라는 마음에서 한 소리였지만, 나 역시 아들한테 좀 쑥스러웠다.

그 후 세월이 흘러 아들이 결혼해서 손녀딸을 낳아 기를 무렵, 스페인 속담에 어머니의 한 마디는 목사의 열 마디보다 가치 있는 것이라는 글을 읽었던 기억이 났다. 아들은 지금 뉴욕에 있는 미국 교회 장로이다.

내 어깨가 짓눌렸을 때

아침나절에 남편은 오른쪽 맹장이 있는 쪽이 아프다고 하더니, 조금 지나자 괜찮다고 하였다. 며칠 후 또 같은 증상이 생겼다고 불편해하더니, 아픔이 지속하자 나와 함께 동네 병원을 찾았다. 병원에서는 엑스선 사진을 찍고 나서 약을 주면서 다음 날 오란다.

이튿날 병원에 갔더니 대장암이라고 말했다. 그 소리를 듣는 순간 하늘이 무너지는 것만 같았다. 의사인 조카에게 전화로 사실을 알렸더니, 자기가 절차를 밟아놓을 테니 즉시 서울대학병원에 입원할 것과 먼저 혜화동에 가서 방사선 촬영을 할 것을 권했다. 시키는 대로 그곳에 가서 검사를 받았더니, 사과만 한 크기의 암 덩어리가 보인다고 하였다. 무슨 정신으로 이렇게 다닐 수 있는지 기가 막혔다.

아이들에게는 미리 알리지 말고 수술이 다 끝나고 퇴원한 다음에나 아니면 나중에 알리리라 생각하고 있는데, 그때 시카고에 있는 알곤 국립연구소에 근무하는 작은아들이 일본 센다이에 있는 동북대학에서 세계 석학들이 모이는 큰 학술회에 참가하게 되었다. 그 기회에 며느리와 저의 장인 장모님과 같이 일본 남쪽 오키나와서부터 북쪽에 있는 동북대학까지 여행 계획을 세웠다. 아들은 오키나와에 도착하자 서울 집에 전화했다.

여러 날 아들은 나와 전화 통화가 안 되다가 하루는 집에서 내가 전화를 받았다. 통화가 안 된 이유를 아버지 건강검진을 하라고 외사촌 형이 권해서 검진을 며칠 입원하면서 받으시는 중이라고 했다. 그 소리를 저의 장인어른이 들으시고 그럴 리가 없다고 하시는 말을 듣고, 즉시 아들은 시애틀의 여동생에게 전화하니 딸아이는 통곡하면서 나한테 전화를 하였다.

이쯤 되니 더는 말을 안 할 수 없어 군대에 가 있는 큰아들에게까지 아버지 소식을 전하게 되었다. 며느리는 즉시 여행을 취소하고 서울로 왔고, 우리 작은아들은 울면서 학술회를 취소하고 서울로 간다는 것을 장인어른이 말리시고, 지금 간들 달라질 게 없으니 회의가 끝난 다음에 가라고 하셨다.

동북대학 한국 유학생들은 한국인 학자가 부인과 같이 온다니까, 나이 지긋한 분이 오시는 줄 알고 근처 온천 접대를 계획했다고 하였다. 막상 만나니 30세를 막 넘긴 젊은 학자이고, 부인과 같이 온다고 하더니 혼자라서 조금 실망 아닌 실망을 했다고 하였다. 작은아들은 학술회가 끝나자 바로 서울대학병원으로 달려왔다.

대장암 수술은 막내 시동생이 충북대학 약대 학장으로 있을 때 친분이 있었던 서울대학병원 박재갑 교수의 집도로 이루어졌다. 수술 날은 휴가 나온 큰아들이 아버지를 돌봐드렸다. 며느리는 시아주버니 점심 수발을 했고, 둘째 아들은 귀대한 형을 대신해서 아버지 퇴원을 도와 집으로 모시고 왔다. 늘 멀리 떨어져 살던 자식들이 아버지가 위급할 때 효도를 하게 되어 무척 고맙고 크게 다행한 일이었다.

며칠 뒤 작은아들이 출국하는 공항에서, 나는 한없이 눈물을 흘렸고 그때 내 어깨가 짓눌리는 느낌을 받았다. 아들을 붙잡아 두고 싶은 심정이었다. 암 환자를 어떻게 돌봐 살린단 말인가. 암의 병기가 3기라니, 생존 확률은 얼마이며 무엇을 먹여야 하며 항암 치료 부작용을 어찌 나 혼자 감당한단 말인가. 자식들도 옆에 없으니 말이다.

나는 서점으로 뛰어가 암 환자의 극복 사례에 관한 책을 사 왔는데, 별 도움이 되지 못하였다. 환자는 정맥주사로 항암제를 맞는 5일 동안은 물론 그 후에도 10일 동안은 항암 치료 부작용으로 어떤 음식도 먹을 수 없었다. 먹기 좋은 팥죽도 넘기지 못했다. 그 시기가 지나서 보름 동안은 조금 회복되나 싶으면 또 항암 치료를 받았다.

그런데 천만다행으로 환자가 먹을 수 있는 것이 콩죽이었다. 음식을 먹을 수 없는 보름 동안은 콩죽으로 하루 세 끼를 먹도록 했고, 내가 근무하는 한약국에서 항암 효과가 있는 한약재를 지어다가 다려서 항암 주사 맞는 시기를 피해 하루 세 번 먹게 하였다. 1년간 항암제 주사를 맞은 후에도 8년간 한약을 하루 세 번 복용하였다.

내가 할 수 있는 일은 그것밖에 할 수 없었다. 아무리 간호한다 해도 환자의 고통은 본인이 짊어지는 고통이므로, 옆에서 지켜보는 일도 참 힘든 기간이었다. 천운인지 지금 수술한 지 21년이 되었으니 감사할 뿐이다.

돌이켜 보면 콩죽이 환자의 면역력을 붙잡아 줘서, 항암 치료의 부작용을 견딜 수 있게 했다고 생각하며 또한 콩에는 항암 효과까지 있다니, 요즘 나는 항암 부작용으로 식사를 못 하는 사람에게 콩죽을 먹으라고 권하고 있다.

3. 손자의 뒷모습

타들러 반

커피 마시기

내가 어렸을 때 우리 집에 네모난 양철통에 뚜껑을 눌러 덮는 홍차 통이 있었다. 그때는 집에서 커피를 보지 못했다. 나는 대학에 다니면서부터 커피를 마시기 시작했다. 아마도 유기 화학, 유기 제약 등 골치 아픈 시험공부를 한다고 커피를 자주 마셨던 것 같다.

커피의 진짜 맛이 무엇인지도 모르고, 권태로울 때 달콤한 맛을 즐겼다. 커피는 기호 식품이므로 마시면 마실수록 그 양이 는다는 것을 알았다. 커피를 마시는 순간에는 몸과 마음이 편안해졌고, 마시고 나면 정신이 맑아지는 것 같은 느낌이 들었다. 맥스웰하우스 커피와 네스커피 같은 인스

턴트커피에다 커피 크림과 설탕을 타서 마셨다. 커피를 마시면 에너지를 얻는 느낌이었다.

결혼 후에 미얀마에 가서 보니, 커피와 치커리를 같이 갈아서 끓는 물에 커피를 넣고 끓여서 융으로 된 천으로 만든 주머니에 걸러서 마시는 것이었다. 커피에 우유를 듬뿍 넣어서 마시는 것이 마치 밀크티를 마시는 것 같았다. 육체노동자는 허기를 달래려고 마시는 듯하였다.

그 후 브라질에 가서 살 때 마셔 본 커피 맛은 이러했다. 아주 진한 커피를 작은 데미다스 커피잔에 따라서, 설탕통을 기울여 주르륵 쏟아지는 설탕을 넣고 마시는 커피는, 브라질 커피의 향과 커피의 쓴맛과 설탕의 달콤함이 동시에 느껴지는 익스프레스 커피였는데, 그 맛을 잊을 수가 없었다.

또 세월이 흘러 일본에서 커피 끓이는 법과 마시는 법을 배울 기회가 있었다. 필터 페이퍼를 접을 때 밑부분을 접고 옆부분은 반대 방향으로 접어, 커피를 넣고 끓는 물은 길게 뻗어 꼬부라진 주전자 주둥이를 통과해 커피가 젖을 정도만 붓는다. 잠시 후에 물을 붓고 커피를 추출한다. 커피 맛은 블랙으로 마셔야 원래 커피 맛을 느낀다고 가르치는 것을 보았다.

요즘에는 커피가 하나의 커피 문화로 발달하여서 예술과

기술이 가미되었다. 커피 전문 기술자를 바리스타라고 하고, 많은 젊은이가 도전하는 것을 본다. 라테 아트라고 해서 커피에 예술까지 접목해서 커피를 하나의 문화로 만든다. 볶는 기술, 커피 내리는 방법, 또 눈을 즐겁게 하는 예술까지 생각하는 시대다. 커피를 내리는 것은 정성이 없이는 향과 맛을 낼 수 없는 아주 예민한 기술이라고 한다. 편리한 믹스커피의 소비도 많은 걸 알 수 있다.

요사이 우리 부부는 집에서 무료함을 느낄 때 집 근처의 스타벅스로 간다. 드립 커피 미디움 하나를 사서, 테이블에 마주 앉아 당신 한 모금 나 한 모금 마시며 이런저런 이야기를 한다. 커피 하나를 사서 나누어 마셔도 나이 탓인지 밤잠을 설치는 때가 있다.

딸의 위로금

우리 집 삼 남매는 셋이 연년생인 데다가 어려서부터 미국에서 살아서인지 서로 이름을 부르며 친구처럼 잘도 지껄이며 지낸다. 오빠, 형이라고 부르지 않고 서로 이름을 부른다.

딸아이는 중, 고등학교 다닐 때부터 "너희들보다 내가 제일 먼저 돈을 벌 것이다."라는 말을 하면서, 장난할 때도 있었다. 커서 딸아이는 자기가 말한 대로 삼 남매 중 제일 먼저 파머시 닥터 학위를 받아 약사로 직장을 갖게 되었다. 오라비들은 학위 공부하느라 더 길게 공부를 해야 했으므로, 딸아이는 어려서 했던 말과 같이 된 것이었다.

시애틀에서 약사로 일하면서 서울에 있는 부모한테 첫 선물을 보내왔다. 시애틀의 특산물인 훈제 연어를 긴 상자로 포장하였다. 우리 내외는 딸의 기특한 선물을 아주 귀하고 소중하게 여겼다. '딸이 보내 준 귀한 것'이라며 냉장고에 넣었다 내놨다 하며 여러 날을 두고 특별한 맛으로 먹었다.

그로부터 3년 반 뒤에 남편이 결장암 수술을 받았다. 소식을 듣고 울고불고하던 딸은 아버지를 뵈러 서울에 왔다. 아버지 앞에 내놓은 것은 돈 3천 불이었다. 천 불씩 똘똘 말고 고무 밴드로 감아서 고정한 것 3개를 아버지에게 내놓으면서, "아버지 우리들 공부시키느라고 고생만 하시고 여행도 제대로 못 다니셨죠." 하고 우는 것이었다.

아직도 우리 딸은 아기로구나. 돈을 고무줄로 꽁꽁 묶어 가지고 왔으니. 더 커서 돈을 드려야 할 곳이 생기면 봉투에 넣어서 내놓을 줄을 알 나이가 되어야 아기 티를 벗겠지. 신통하구나. 고맙다. 그때 딸은 26살이었다.

손자의 뒷모습

재원아, 어제 저녁나절 할아버지가 위층에서 내려오면서 나를 부르더라. "이리 좀 와 봐." 하며 컴퓨터 앞으로 데려가더구나. "이것 좀 봐." 해서 보니, 네가 선생님 손을 잡고 너의 교실로 가는 뒷모습이 컴퓨터 화면에 나온 것을 보았다. 그런 너를 보는 순간 할머니는 "어머나!" 하며 큰소리고 웃었단다. 너의 엄마가 할아버지께 보내는 이메일과 함께 첨부한 사진이더구나.

앙증맞게 아장아장 걸어가는 너의 뒷모습은 아주 장해 보였단다. 선생님 손을 잡고 가는 뒷모습이 대견하구나! 그토록 키워 주신 외할머니 외할아버지께 감사하는 마음

크구나! 직장 생활이 바쁜 나날에 너를 이렇게 키워 준 너의 엄마 아빠도 수고가 많다. 14개월이 조금 지난 우리 손자가 나오는 컴퓨터 화면을 한참 들여다보고, "아!, 이제부터 우리 손자의 사회생활이 시작되는구나!" 하고 혼잣말을 하였다.

재원이가 기지도 못할 나이에 데이케어에 맡겨졌을 때는 그저 안쓰러운 생각뿐이었다. 한데, 지금 본 사진은 할미에게 큰 의미로 다가오는구나! 우리 손자가 이제 타들러 반으로 갔으니 네가 제일 어린 나이겠구나. 먼저 들어온 아이들이 장난감도 뺏고 밀치고 할 테니 염려가 되는구나. 어린 아이들의 버릇이 그러하니까 말이다.

그러나 아가야 울지 말고 씩씩하여라. 어린 나이지만 너그러움을 배우렴. 참는 법도 배워야 한다. 대범하고 자신감 넘치는 어른으로 크려무나. 남에게 도움을 주고 기쁨을 주는 사람으로 성장하기 바란다. 매일매일 즐거운 타들러 반 생활을 하고 오너라. 늘 건강하고! 손자야 귀엽다! 시애틀에서, 할머니가.

안타까운 인연

오늘은 유난히 재숙이 생각에 마음이 무겁다. 살면서 문득문득 재숙이를 생각한다. 내가 대학 다닐 때 우리 집에 도우미로 왔던 아이였다. 대천에 사시는 고모님의 소개로 우리 집과 인연이 맺어졌다.

홀어머니와 살던 재숙이는 원수 같은 가난 때문에 우리 집에 보내졌고, 재숙이 어머니는 시집까지 보내 줄 것을 부탁하였다. 눈이 동그랗고 가무잡잡하며 얼굴도 동그란 아이였다. 우리 집에 있을 때는, 어른 말씀 잘 듣고 부지런해서 칭찬을 받았다. 손님 접대용 상차림이며 제수 음식이며 못하는 음식이 없었고, 살림살이도 못 해내는 것이 없었으니, 우리 집에 큰 살림꾼이었다. 수고 많이 하였다, 재숙아.

네가 있을 때 조카 사 남매도 훌륭히 장성했으니, 너의 노고가 숨어 있으리라 믿는다. 몇 년을 너와 한집에 같이 살다가, 내가 결혼할 때 네가 "난 언니 따라가 살래요" 했던 말을 잊을 수 없다. 네가 나를 그렇게도 좋아하는 줄은 몰랐다. 재숙아, 고맙구나.

결혼하고 나는 외국으로 갈 예정이어서 네가 없으면 어머니와 올케 두 분이 이 큰 살림을 하기는 힘들 터인데, 하며 너를 달래 주었지. 내가 외국 나가기 전 2개월 동안, 재숙이는 일찍 저녁을 해 먹고 나서 버스로 두 정류장 되는 거리의 우리 집을 뛰어서 왔다가 가곤 하였다.

내가 외국에서 살다 돌아오니, 재숙이는 신혼 생활을 하고 있었다. 신랑 될 사람의 누이가 중매하였고, 신랑 누이 되는 사람은 우리 부모님에게 두 어른께서 데리고 계셨으니 더 볼 것이 무어 있겠습니까 하면서, 재숙이를 동생의 댁으로 청혼을 했다고 하였다. 우리 부모님은 철도청에 다니는 성실한 나이 지긋한 청년에게 결혼을 허락하였다. 혼수를 오붓하게 해주었고 얼마의 지참금도 해서 결혼을 시켰다.

신랑은 살림 솜씨가 야무지고 알뜰한 색시를 아기처럼 사랑하며 행복한 신혼 생활을 하였다. 재숙이가 다녀갈 적이면, 어머님은 신랑 주라고 조기젓 게장이며 소라젓이며 밑반찬도 해주었다. 일 년이 못 돼서 들려온 재숙이의 임신 소식은, 모든 식구에게 기쁨을 가져다주었고 신랑은 행복한 나날이었다.

한데 막달이 되었을 때 청천벽력 같은 소식이 들렸다. 임신부가 자다가 사망을 한 것이었다. 세상에 이런 일이 또 어디 있을까. 모두가 슬픔에서 헤어날 수가 없었다. 신랑은 거의 실신 상태였다니 너무 가엽구나.

요즘 와서 생각하면, 네가 코를 몹시 고는 버릇이 있었는데 수면 무호흡증이 아니었나 싶구나. 지금은 치료해야 하는 질병이라고 하는데, 그때는 병인 줄을 모르던 때였으니, 그저 잠버릇인 줄로만 알고 큰 변을 당했구나.

네가 있으면, 여자 형제가 없는 나와 언니 동생 하며 지내기 얼마나 좋을까. 슬프고 기가 막힐 노릇이다.

똑똑한 녀석

5살짜리 외손자가 호랑이 소리로 울어 댄다. 내가 이민 온 지 며칠 안 되었을 때, 딸 내외는 오래전에 예약한 콘서트에 시부모님을 모시고 가게 되어서 외손자 둘을 봐 달라고 나를 자기네 집으로 데려갔다.

큰손자는 7살 작은손자는 5살짜리다. 어미가 나가려고 준비할 때부터 작은놈은 울어 댄다. 아주 통곡하듯이 울어 댄다. 외할머니인 나와는 낯선 처지이므로 나 역시 어떻게 봐 줘야 하나 마음이 편하지 않다. 특히 저녁 식사도 챙겨 줘야 한다는 주문도 받았다. 그러니 5살짜리 외손자는 제 나름대로 생각한 것이었다.

저 할머니가 낯도 익지 않고 또 영어도 못 하는데, 그런 노인이 어떻게 저녁을 챙겨 줄 것인지 외손자는 염려가 되었나 보다. 또한 엄마가 아무것도 못 할 할머니한테 자기들을 맡기는 것이 슬픈 일이라 여겼나 보다.

어미는 집을 떠났고 울음은 그칠 기미가 없이 크게 울어댄다. 아무리 달래도 소용이 없다. 저녁으로 먹이라는 음식을 마이크로웨이브 오븐에 넣고 버튼을 누르니, 오븐이 작동해서 속의 음식이 빙빙 돈다. 작은손자는 울면서 내가 하는 동작을 지켜보다가 울음을 뚝 그치고, 그렇게 하는 것이라고 말해 준다. 그때야 밥상을 차려 줬더니 두 녀석이 잘 먹었다.

생각해 보니, 먹을 것을 중요하게 생각하는 녀석이 아무것도 모르는 할머니에게 자기들을 맡기는 것이 미덥지 않아서 속상했나 보다. 저녁을 다 먹더니 언제 울었느냐 싶게 잘 논다.

내가 부엌을 치우고 행주로 여기저기 닦았더니, 또 작은손자는 그렇게 하면 자기 엄마 아빠가 기분 좋아할 것이라고 말해준다. 큰손자는 조용한 아이다. 작은놈, 요 녀석 참 똑똑한 녀석이네.

습설(濕泄)

나는 나이에 비교해서 낮에 약국에서 소모하는 에너지가 많은 것을 알겠다. 밤에 잠을 깨지도 않고 밤새 곤하게 자는 것을 보면 그러하다.

아침잠을 깨니, 남편이 밤새 화장실을 들락거리며 설사를 했다는 것이었다. 그런 줄도 모르고 잠만 잤으니, 나는 무안할 정도로 미안하였다. 남편은 옆 사람이 깨지 않도록 조용히 다녔을 것으로 생각한다.

그때 남편은 대장암 수술을 받은 지 5년이 안 된 암 환자였다. 한약으로 치료하려다가 암 환자라는 생각에 의사인 조카에게 이야기해서, 소화기내과에 안내되어 진료를 받고 처방을 받아 왔다. 약은 유산균 제재였는데, 며칠 복용했으나 별 차도가 없었다.

다시 병원 진료를 받았다. 대장 내시경까지 받았으나 별 이상이 없다고 하였다. 그래서 나는 한방으로 치료해야겠다고 생각하고 약을 지어왔다. 약을 달여서 한 번 먹고 두 번을 먹으니, 증상이 딱 멈추었다. 남편은 적지 않게 놀라는 기색이었다. 설사로 오래 고생했고, 병원 치료를 받아 보아도 별 차도가 없었던 차에 딱 두 번에 증상이 개선됐으니, 놀랄 수밖에 없었다. 몇 번 더 달여 먹고 완전히 나았다.

이런 증상은 한방에서 습설(濕泄)이라고 해서 한습(寒濕)을 받아서 음식을 소화하지 못하고 물총같이 설사하는 경우로, 장(腸)이 울고 몸이 무겁고 아프지는 않은 경우에 쓰는 처방이다. 한방 치료는 예로부터 전해 내려오는 경험방으로 큰 효험을 보는 것은 사실이다. 양의들은 한의학에 크게 호응하지 않고 편협한 생각으로 대하는 것이 유감이다. 서양 의학은 예방 의학이나 백신 개발 수술 분야에서 과학적인 접근으로 우수하다 하겠다.

양의들도 전통 의학인 한의학과 협진해서 국민 건강을 증진한다면 국민의 삶이 더 나아지리라 생각한다. 한의학도 앞으로 무궁한 연구 발전할 여지가 많은 학문이고 과학적인 접근도 필요하다고 본다.

어쨌든 두 번 달여 먹고 오래 고생했던 설사가 뚝 그친 것은 나 역시 신기하고 장하게 생각한다.

아침 종소리

'찰랑! 찰랑!' 종소리라고 하기엔 너무 가벼운 쇳소리다. 내가 청력이 약하니까 남편은 오래 종을 흔들어 댄다.

"알았어요." 큰 소리로 위층을 향해 대답한다. 나보다 한 시간쯤 늦게 아침잠을 깨는 남편은, 침대를 정리해야 하니까 아침마다 나를 부른다.

전에는 잠에서 깨면 허구한 날 나를 데리러 아래층으로 내려왔다. 아니 저 노인이 "여보" 하던지 "날 좀 봐"라고 부르면 될 터인데, 한 번도 소리를 내서 부르는 법이 없었다. 남편은 꼭 내려와서 불러 갔다. 이 층에서 내려와 나를 데리고 올라가려면 힘도 들 거라는 생각을 하다가도 큰 소리 내서 부르지 않는 것을 보면, 성격이 점잖은 노인이라는 생각도 들었다.

우리 집에는 조그마한 쇳소리를 내는 금속 종이 있다. 종의 중간 부분은 손에 쥐기 좋게 납작한 둥근 모양인데, 거기에는 'EXPO 85'라고 씌어 있다. 그 아랫부분은 종이고 윗부분은 병마개를 열 수 있는 병따개다. 크리스마스트리에 달았음 직한 크기다.

그래서 나는 종을 남편에게 주면서, 앞으로는 아침에 직접 내려오지 말고 나를 부를 때에 이 종을 흔들라고 말했다. 그 후로 남편은 아침에 나를 부를 때면 쇳소리 나는 금속 종을 흔들어 댄다.

원래 종소리는 산사의 풍경 소리같이 청량한 소리이거나 마음을 경건하게 하는 묵직하고 은은한 소리인데, 우리 집 종소리는 가볍고 방정맞은 쇳소리를 낸다. 금속 종이 작아서 그런 소리를 내겠지.

아침에 나를 부를 때는 금속 종을 흔들어 부르라고 남편에게 주문했지만, 종소리를 들을 때마다 웃음이 난다. 작은 종을 흔들며 서 있는 남편의 모습을 상상하면, 더욱 웃음이 난다.

4. 나를 웃게 하는 목각 인형

목각 인형

큰아들이 아우 만나 보던 날

결혼 2개월 후 남편의 첫 번째 해외 근무지는 미얀마였다. 기후가 더운 곳이지만 도우미 인건비가 싼 곳이었다. 오랫동안 영국 식민지였으므로 영국식 노동 분업이 발달한 곳이었다.

요리사는 청소를 안 한다. 그래서 나는 가사를 도와주는 도우미를 몇 사람 쓰게 되었다. 집 뒤에는 고용인 쿼터가 있어서 요리사와 운전기사, 그리고 정원사가 살았다. 갓난아기를 위해 육아 도우미를 두었으며, 세탁기가 없던 시절이라 빨래를 빨아 주고 가는 사람이 따로 있었다. 정원에는 잭 플루트 나무도 몇 그루 있었고, 넓은 정원을 정원사가 가꾸었다. 침실은 소강당 같은 느낌이고 벽에는 작은 도마뱀이 붙어 다녔다.

부임 후 10개월이 조금 지나서 첫아기를 출산하게 되었다. 남편은 공교롭게 출산 예정일을 며칠 앞두고 홍콩으로 출장을 갔다. 부득이한 출장이므로 피할 수가 없었다. 친정어머니도 안 계신 곳에서 첫아기 출산이 편치 않은 처지에 남편이 옆에 없으니 마음이 불안하였다. 주위 사람들에게 도움을 청하기도 부끄러움이 많았던 시절이었다. 출장 전에 남편은 예약된 병원의 담당 의사와 우리 집 운전 기사에게 당부를 단단히 해 놓고 출장을 떠났다.

남편이 떠난 그 날 저녁부터 나는 산기가 있어 밤새 화장실만 들락거리며 고통을 참고 밤을 지새웠다. 아침에 일어나니 주방 옆방에서 자는 인도 처녀 내니가, 걱정스러운 얼굴로 병원을 가야 하지 않느냐며 조지를 불러오겠다고 하였다.

우리 집 운전기사 조지에게 슈트케이스를 들리고 그의 뒤를 따라 병원에 들어가는 내 모습이 처량하게 느껴졌다. 10시에 병원에 들어가서 오후 4시에 첫아들을 낳았다. 예정일보다 며칠 앞당겨 난 것이었다. 입원실에서는 간호사 2명이 교대로 돌봐 주었다.

남편에게는 사무실에서 출산 소식을 전해 주었고 병실에

는 화환이 몇 개 와 있었다. 신생아의 황달로 퇴원이 며칠 늦어졌으며 퇴원하는 날은 집에 간호사 한 사람이 따라와 주었다. 퇴원한 다음 날 남편이 출장에서 돌아와 득남의 기쁨을 이것저것 선물로 표현하였다.

일 년 후 둘째 아들 출산 때는 남편이 같이 병원에 동행하였다. 출산 다음 날, 남편은 집에서 내니와 영문도 모르고 엄마를 찾았을 큰아이를 데리고, 동생 만나러 가자며 두 주일 전에 돌 지난 아기에게 와이셔츠에 조 넥타이 양복을 입혀서 입원실로 데리고 왔다.

동생을 첫 대면 하려고 온 큰아들의 모습은 내게 깊은 인상으로 남았다. 아들의 모습은 의관을 갖추어 입은 옛 선비의 외출을 연상시킨다.

평생직장이 아닌 미국

시애틀에서 딸의 약혼식을 올리게 되었다. 약혼식에는 서울에서 온 우리 내외와 아이다호주 보이시에 있는 작은아들 내외가 참석하였다. 큰아들은 서울에서 군 복무를 하느라 참석하지 못했다.

며칠 뒤 작은아들네 집에 갔다. 보이시는 도시와 농촌의 조합인 듯 평안한 도시였다. 작은아들은 시카고에 있는 알곤 국립연구소(Argonne National Laboratory)에 근무하다가 보이시에 있는 마이크론 테크놀롤지(Micron Technology)로 직장을 옮겼다. "집을 잘 샀구나!" 하고 칭찬해 주었다. 집의 위치며 구조가 마음에 들었다.

작은아들네는 저녁 식사로 구절판에 신설로를 차려 냈는데, 며느리의 음식 솜씨가 칭찬을 받고도 남았다. 날마다 요리상 차림이었다. 며느리는 음식 만드는 솜씨도 있지만, 음식 만드는 데 취미가 있어서 어떤 음식이든 못 만드는 게 없었다. 고마운 일이다.

작은아들이 알곤 국립연구소에서 직장을 옮겼을 때, 한국의 고정 관념을 가지고 있는 나로서는 왜 직장을 옮겼나 했다. 그 후에 들은 말로는 미국에서는 더 좋은 직장으로 옮기고 또 옮겨 가는 문화란다. 알곤 국립연구소에서 보스에게 직장을 옮긴다는 말을 했을 때, 보스의 눈시울이 촉촉해지는 것을 보았단다. 보스에게서 "아무 때나 네가 오고 싶으면 다시 오라"고 하는 말을 듣고 왔다고 하였다.

마이크론에서 직장을 GE 글로벌리서치(GE Global Research)로 옮겼고 GE에서 다시 뉴욕 주립 대학교-올버니(University at Albany-SUNY)로 갈 때는, GE의 보스의 보스가 집에까지 찾아와서 대학에 사인하지 말라고 당부하고 돌아갔다고 하였다. 그러나 자기가 하고 싶은 일이 교수였으니, 지금은 이노베이션 프로페서로서 자기 일에 만족한다. 대학에서 정년 보장도 받았다고 한다.

시카고에서 놀즈 어쿠스틱스(Knowles Acoustics)에 다니던 큰아들은 부모님을 시애틀로 모셔 오겠다고 직장을 시애틀로 옮기고, 집도 마련해 놓고서 부모의 이민을 추진하였다. 그 후 시카고에서 일하고 있는 큰며느리와 결혼을 하게 되자, 아들은 시애틀과 시카고를 격주로 주말에 오가게 되었다. 큰 불편함 끝에 전에 다니던 회사에 돌아갈 의사를 표시했을 때, 사장이 당장 데려오라는 말에 한 달 만에 전에 다니던 놀즈 어쿠스틱스로 가게 되어, 아들 며느리가 시카고에서 같이 살 수 있게 되었다.

큰아들이 시카고 공항에 도착하는 날 직장에서는 리무진을 내보냈는데, 직장에서 그렇게까지 할 필요가 없었다고 큰아들이 하는 말을 들으니, 어려서부터 "너희들이 어디서 살던지 사는 곳에서 붙잡는 사람이 되어라."라고 했던 말이 생각나는구나.

딸아이는 직장에서 "너 같은 약사 좀 데리고 와"라는 말을 들었단다. 평생직장이 아닌 미국은 개인주의가 발달한 나라이기 때문이라 생각하였다.

나를 웃게 하는 목각 인형

우리 집에는 작은 목각 인형 한 쌍이 있다. 인형의 모양은 할머니 할아버지가 웃고 있는 모양을 만든 것이다. 몸과 얼굴이 나뉘어 몸통 위에 얼굴을 올려놓게 되어 있다. 머리를 몸통에 놓았다고 하기보다 얼굴을 올려놓았다고 해야 어울리는 인형이다.

몸통은 5cm 정도이고 얼굴은 4cm 높이로 동글동글한 모양이다. 얼굴은 활짝 입을 벌리고 웃는 모양이다. 입을 얼마나 벌렸는지 얼굴이 입만 있는 것 같다. 눈은 길게 실눈을 하고 있다.

몸통 윗부분은 움푹 파여 있어서 동그란 얼굴을 올려놓

았다. 얼굴을 뒤로 젖히면 아주 많이 웃긴다는 듯이 깔깔 소리를 낼 것 같은 모양이 되고, 할머니 할아버지 얼굴을 마주 보게 비스듬히 올려놓으면 노인들이 애교스러운 표정이다. 얼굴의 방향 따라 웃는 모양이 다양해서 보는 사람도 웃음이 난다.

이 목각 인형의 이름은 '招福'이다. 복을 부른다는 뜻이다. 일본 센다이에 살 때 산 토산품인데, 그 지방에서는 목각 인형을 '고게시'라고 부른다. 우리 둘째 아들이 예전에 서울 집에 왔을 때 목각 인형의 얼굴 모양을 이리저리 돌려놓으면서 재미있어하였다. 그래서 미국으로 돌아갈 때 짐 속에 넣어 보냈다.

내가 이민 와서 아들네 집에 갔을 때, 그 인형을 보고는 내가 하나 더 사서 아들에게 주고 내가 저것을 가졌으면 하는 생각이 들었다. 그러나 하나를 더 살 방법이 없었다. 그 인형을 처음 보고 샀을 땐 나도 늙어서 저 노인들처럼 입을 맘껏 벌리며 웃고 살아야겠다고 생각하고 샀던 인형이다.

그러던 중 작은아들이 일본 센다이 동북대학에서 학술회가 있어 출장을 가게 되었다고 하길래, 그런 인형을 하나 사 오라고 부탁하였다. 아들은 출장 중에 목각 인형 파는 토산품 가게를 찾아갔다. 그런데 사려는 인형이 보이지 않아서 주인에게 물어봐야 하겠는데, 아들은 일본어를 못하고 주인은 영어를 못해서 난처한 순간이었단다.

그때 우리 아들은 목각 인형같이 입을 벌리면서 손짓으로 설명을 했단다. 주인은 "아하" 하면서 창고에 들어가 웃고 있는 '고게시'를 찾아서 가지고 나와 이것이냐고 하기에, 손님과 주인이 마주 보고 웃었단다.

그 후 나는 둘째 아들네 집에 갔을 때 네가 산 목각 인형이 얼마 하더냐고 물었다. 아들은 "어머니 무슨 돈을 주세요." 했지만, 네가 입을 한껏 벌리고 산 것이니 받으라 하며 $80을 주고 전에 준 것을 가지고 왔다.

내 그림자

이른 아침에 일어나서 우리 집 할아버지와 산책을 한다. 시카고에 사는 아들이 "오늘 걸으셨어요?" 하고 장거리 전화로 항상 재촉하는 노인 운동이다. 자의 반 타의 반으로 거의 매일 걷는다.

집 앞에서 앰바움 블러바드 남쪽을 향해 걷기 시작해서, 사우스 1번가로 나와 북쪽으로 40분을 걷다가 사거리에서 남쪽으로 돌아 집 앞에 오면, 동네를 한 바퀴 돌게 된다. 걷지도 않고 걸었다고 대답할 수 없어서 열심히 걷는다.

이른 아침에 찬 공기를 마시며 걸을 때는 스트레스도 받는다. 걷는 길은 보도블록이 놓여 있어 보도가 차도와 뚜렷이 구분된 곳도 있고, 아스팔트 차도에 흰색으로만 선을 그어서 경계가 된 곳도 있다. 선으로 경계가 된 곳을 걸을 때는 차가 오는 것이 무섭기도 하다. 걷다 보면 어느 집 앞을 지나가고 교회 앞을 다니기도 하며, 무성한 나무들 옆과 축대를 쌓아 놓은 언덕 아래를 지나기도 한다.

절반 넘게 걷다 보면 왼쪽 아스팔트 차도 위에 우리의 그림자가 드리워진다. 동녘의 아침 햇살이 우리 몸을 비춰서 만들어지는 그림자다. 그 그림자는 작은 나를 얼마나 길게 만들어 주는지 나를 기쁘게까지 해준다. 미국 만화를 볼라치면 키다리 아저씨가 나오는데, 우리의 그림자를 마치 그 만화의 아저씨 아주머니 모양으로 만든다. 그 그림자는 작은 키가 불만인 나에게 웃을 수 있는 순간을 만들어 준다. 걸으면서 그림자를 슬금슬금 보게 된다.

그림자 너머 맞은편에는 양로원 건물이 있는데, 이른 아침에 차 한 대가 그 건물로 들어간다. 혹시 저 안에 있는 노인이 밤새 편찮으셨나? 이른 새벽에 연락을 받은 자식이 부모를 찾아뵈러 가는 것이 아닐까? 나 혼자 생각해 본다.

핸들 잡은 손자

아이패드를 열고 손자가 노는 모습을 보노라면 마음이 즐겁다. 오늘은 우리 손자가 이웃에 사는 형아네 집에 놀러 갔구나.

우리 손자는 그 집 형아 차의 핸들을 잡고 아주 만족한 표정을 하고 있구나. 차 옆에 서 있는 형아는 "이것 내 찬데" 하는 표정이고. 그다음 장면은, 우리 손자가 핸들을 놓고 옆으로 돌아서서 차 창문에 두 손을 올려놓고, 차 옆에 서 있는 형아를 보고 "형아야 이차 성능 좋은데" 하고 크게 웃으며 말하는 것 같이 보인다.

그래도 형아는 "이것 내 찬데" 하는 표정이다. 형아는 썩

내키진 않아도 참고 잠깐 빌려줄 수 있는 나이인가 보다. 우리 손자는 15개월, 형아는 40개월 된 아기다.

지금은 나이 차가 커 보이지만, 조금만 더 크면 좋은 친구 사이가 될 것이다. 두 아기의 귀여운 모습이다.

배려

오늘 저녁상을 차리려고 배추김치를 썰어서 김치 보세기에 담았다. 배추김치가 어느 때보다 깔끔하고 얌전히 담겨서 마음이 상쾌하였다.

밥상이 잘 차려진 느낌이다. 김치가 보기 좋으니 맛도 있어 보인다. 식탁 분위기가 식욕을 돋우는구나. 며칠 전에 시카고에 사는 아들이 부모를 뵙는다고 다녀간 티가 난다.

아들은 틈나는 대로 방문해서 불편한 일이 없으시냐며 두루 살펴 주고 돌아간다. 실내 공기 필터와 차고 문 여닫이 배터리를 바꿔 주고 차에 윤활유 교환도 해 주었다. 여동생 집에 가서 손볼 곳이 없느냐며 고장 난 곳을 고쳐 주고 시카고로 돌아간다.

이번에는 샌드페이퍼를 가지고 와서 칼을 갈아 주었다. 큰 칼, 작은 칼, 과도를 정성을 다해서 가는 모습을 보니, 우리 아들이지만 말로 표현할 수 없이 고맙다. 칼을 갈면서 "칼이 잘 들지 않으면 음식을 만들기가 힘들어요." 하면서 가는 것이었다. 남의 입장에 서서 어떤 상황을 염려해 주고 마음을 써 주는 것을 배려라고 생각한다.

멀리 떨어져 살면서 어머니가 쓰는 칼이 무디어져 잘 썰어지지 않을 것으로 생각하는 사람이 몇 사람이나 될까. 그 세심한 배려는 대상감이다. 스테인리스 스틸로 만든 칼이므로, 조금만 쓰다 보면 날이 무디어져서 썰 때 칼이 미끄러지고 잘 썰어지지 않는다. 급할 때는 알루미늄 포일을 뭉쳐서 몇 번 밀어서 쓰곤 한다.

서울 같으면 "칼 갈아요" 하고 외치며 다니는 사람이 있어서 편리하지만, 여기서는 무딘 칼을 그냥 쓰는 것이 일상이 되었다. 아들이 기분 좋게 밥상을 차리도록 해준 배려는 인간 박사다. 고맙다, 아들아.

얘야, 너를 늙음이라 불러 주마!

늙음아, 너는 나와 인연이 된 것이 벌써 80여 년이 되는구나. 내가 태어나서부터 너와 나는 동반자란 인연을 맺었지.

나를 아기에서부터 키워 줬고 어린이에서 어른으로 성장시켜 줬지. 어른에서 한참 머물려나 했더니 벌써 나를 80세로 만들어 줬구나. 어찌 빠른 속도로 달려왔는지 뒤도 돌아보지 못하고 옆도 볼 수가 없었다.

너는 급행으로 달렸나 보다. 내 손을 잡고 좀 천천히 왔으면 여러 가지 구경도 하면서 왔을 텐데. 중늙은이란 소리를 들을 때까지는 아무것도 기억에 남는 것이 없으니, 너는 나를 등에 업고 전속력으로 달렸나 보다. 그렇게 속력을 낼 수 있었던 것을 보면, 필시 나를 네 등에 업고 온 게야.

그런데 상늙은이 소리를 들을 때는 여러 역에 들려서 여러 가지 경험을 시켜 주었구나. 가발 역에 내려서 가발을 씌워 주었고, 안경점이 있는 역에 들려서는 돋보기를 씌워 주었지. 또 치과가 있는 역에서는 틀니를 끼워 주더구나. 이번 겨울에는 또 들릴 데가 있는 것 같구나. 내 눈치로는 보청기 역에 들릴 준비를 하는 것 같은 생각이 든다.

늙음아, 역마다 들르지 않고 여기까지 올 수가 없었는지 묻고 싶구나. 슬쩍 지나쳐 가도 너를 나무라지 않았을 터인데. 하기야 생로병사(生老病死)를 피해 갈 수 있는 비책이나 꼼수를 넌들 어찌 알겠니? 늙음아, 나는 아직 창밖에 아름다운 풍경을 다 보지 못하고 80세가 된 것 같구나.

늙음아, 너도나도 우리가 가야 할 종착역이 어딘지는 알고 있지 않니? 그때가 언제인지는 모르겠지만 말이다. 인생은 생자필멸(生者必滅)인 것을 누가 부인하겠니. 한 가지만 꼭 부탁하고 싶구나. 가다가 환승역엔 들르지 않았으면 한다. 환승역에선 많은 노인이 저승 가는 순서를 기다리는 것 같더라. 양로원 말이다.

앞으론 종착역까지 완행 관광 열차 속도로 가 주렴. 넓은 바다도 넓은 목장도 또 과일이 주렁주렁 달린 과수원도 창

밖으로 구경 좀 하고 가자꾸나. 욕심 같아선 손자 손녀 결혼식도 보고 싶구나. 할망구 망령이라고 투덜거리지 말고.

늙음아, 네가 밤잠을 뺏어 가는 밤에 잠 못 자고 이렇게 너에게 푸념을 늘어놓는다. 늙음아, 남아 있는 날 동안 사이좋게 가자꾸나.

근검절약도 재산이란다

외손자들 방 한쪽 책상 밑에 보니, 양동이에 웬 연필들이 가득 담겨 있다.

귀엽다고 어른들이 사주고 또 사주고 했나 보다. 작은 손에 연필을 쥐고 글씨를 배우는 것이 신통하고 귀여울 나이다. 큰손자는 초등학교 2학년 작은손자는 유치원생이니, 한창 글을 배우고 글자를 익히는 것에 재미를 붙일 나이다.

예전에 우리가 초등학교에 다녔을 적에는, 겨우 손에 쥘 수 있을 만큼 작아져서 몽당연필이 될 때까지 연필을 써서 필통 안에는 몽당연필이 한두 개는 들어 있었다. 나라에서는 쌀과 전기 절약을 추진하였고 밀가루 분식도 장려하였다. 나라 살림이 가난해서 미국의 원조를 받았던 시절에 자주 듣던 말이 근검절약이었다.

나라에서는 새로이 경제 개발 계획을 수립하여 과감히 실시했으며 새마을 운동도 열심히 벌여서 '한강의 기적'이라는 경제 기적을 이루었다. 1996년에는 미국을 비롯한 선진국들의 모임인 경제협력개발기구(OECD)에도 가입하였다. 원조를 받는 나라에서 원조를 주는 나라로 탈바꿈하였다. 몽당연필이란, 말하자면 근검절약을 가르쳐 주는 선생 같은 것이었다.

그 후 2009년 내가 미국에 이민을 왔을 때, 미국이 불황이어서 상가는 텅 비어 있고 집도 안 팔리고 직장을 잃은 사람도 는다는 소리를 들었다. 하루는 이케아 카페테리아에서 점심 먹으려 하는데, $1.00짜리 핫도그를 사 먹는 신사들을 보고 경제가 어려움을 알았다.

풍요로운 생활에 살다 보면, 불황이 왔을 때 그것에 잘 대처해 나가기 힘들다. 부유한 생활은 다른 한편으로 궁핍한 생활을 견디기 어렵게 만드는 법이니, 항상 검소와 절약이 몸에 배야 한다. 검소하고 근면하고 절약하는 정신은 미덕이기도 하단다.

미국에는 근검절약이란 말이 있기나 한지 모르겠구나. 아이들에게 연필 한 자루도 쓸 수 있을 때까지 쓰는 버릇을 가르쳐라. 일생을 살아가면서 돈이나 부동산만이 재산이 아니고 근검절약하는 정신도 재산이란 것을 알게 될 것이다. 아이들에게 절약하는 정신을 심어 주어라.

5. 집안에 유일한 손녀딸

미얀마에서

몰리

몰리는 우리 딸네 강아지 이름이다. 몰티즈 종으로 흰털에 눈코가 새까만 작은 귀여운 강아지다.

오늘 딸이 전화로 "오늘 강아지 좀 봐 주세요" 한다. "그래라" 대답했다. 조금 있다가 딸의 열쇠 소리가 딸까닥 나더니, 몰리가 펄쩍펄쩍 뛰어 들어온다. 반갑다고 길길이 뛴다. 저렇게 반가울까. 그래서 예로부터 사람과 개가 같이 살 수 있는 반려동물이 된 것이구나 생각했다.

강아지 봐 달라는 날은 꼼짝 못 하겠다. 마음으로 부담되며 귀찮을 때가 있다. 시간을 맞추어 데리고 나가서 볼일도 봐 줘야 하는 일이 신경 쓰이게 한다. 몰리가 어려서 왔을 때는 일일이 나를 따라다녔다. 부엌 쪽, 화장실, 샤워할 때도, 차고에 갈 때도 일일이 나를 따라다녔다.

몰리는 어디든지 눈을 동그랗게 뜨고 그렇게 쫓아다닌다. 그럴 때마다 비록 작은 강아지이지만 나는 부담스럽게 신경이 쓰인다. 몰리 제 딴엔 익숙지 못하고 또 어리니까. 저 혼자 두고 할머니가 어디로 가면 어쩌나 걱정스러운가 보다.

하루는 샤워하려고 몰래 살짝 방문을 잠그고 또 샤워실 문도 잠갔다. 전에는 방에까지 들어와서 샤워실 문만 잠그면 문 앞에서 엎드려 기다리고 있었다. 이번엔 아예 방문까지 잠가서 방으로 못 들어오게 한 것이다.

나와 보니 난감한 일을 벌여 놓았다. 방문 앞과 세탁실 입구와 세탁실에 새까만 똥을 세 군데 눠 놓아서 기가 막혔다. 몰리 제 딴엔 할머니가 의리 없이 방문을 잠근 것이 속상했나 보다. 세 군데나 똥을 눈 것은 분명히 심술을 부리노라고 한 행동이란 것을 알아차렸다.

또 하루는 종이를 깔고 찐 고구마를 잘게 쪼개 주었다. 몰리는 고구마를 맛있게 먹더니, 콧등을 이쪽저쪽 놀리어 남은 고구마를 종이로 덮으려는 시늉을 하였다. 몰리가 간 다음에 보니, 종이에 반쯤 덮인 고구마를 의자 밑에 밀어 넣고 간 것을 보았다. 언제 누구한테 저축을 배웠니. 배고

플 때 찾아 먹으려는 거지.

생후 3개월 됐을 때 겨우 어미 젖만 먹다가 어미 떨어져 왔는데, 본능이란 참 무섭구나. 몰리야, 귀찮아도 귀엽다.

각설이 품바꾼 저고리 닮은 속옷

딸이 강아지를 데리러 왔기에 "얘야 너에게 꼭 부탁할 말이 있다. 이다음에 내가 세상을 떠났다는 것을 알았을 때는 네가 제일 먼저 뛰어오너라." 하고 말했다. 딸은 내 얼굴을 씁쓸한 눈빛으로 쳐다보았다.

내심 나의 부끄러운 면을 며느리들에게 보여 주기 싫은 마음에서였다. 나이 들면서부터 나는 바느질을 가끔 하였다. 새 옷을 해 입느라 바느질을 하는 것이 아니다. 입던 옷이 뚫어진 곳을 꿰매는 바느질이다. 특히 뚫어지는 것은 속내복과 양말 같은 하찮은 옷들이다.

하루에 40여 분을 걸어 다니니, 양말이 잘도 구멍이 나거나 닳아서 뚫어진다. 입다가 버리기는 아깝고, 조금만 손질해 보면 얼마 동안 그런대로 입겠다고 생각해서 바느질한다. 막상 꿰매려고 보면 마땅히 덧댈 헝겊도 없다. 뒤져서 재질과 빛깔이 비슷한 조각이 있으면 바느질을 한다.

흰옷에 흰 헝겊, 검은 옷엔 검은 헝겊을 대고 같은 색의 실로 꿰맨다. 돋보기를 써도 꿰매려고 하면 잘 보이지 않는다. 같은 색이 분간을 힘들게 하니까. 재간을 부려서 바느질을 완성하고 볼라치면, 내가 봐도 그 솜씨가 시장통에 품바꾼 엿장수 저고리 같은 느낌을 만들기도 한다.

품바꾼의 저고리는 사람들을 웃기려고 제멋대로 헝겊을 덧댄 솜씨가 정말 웃긴다. 눈을 찡그리고 바느질을 하면서, 얼마나 절약된다고 이러나 나 자신 나무라면서도 나는 어쩔 수 없이 그렇게 하고 있다. 이런 생각을 하면서 바느질을 하는 한 바느질 솜씨가 나올 리가 없다.

옛 어른들은 바느질 솜씨를 보려면 떨어진 버선을 깁는 것을 보고 가늠했다고 들었다. 덧대는 헝겊의 올과 뚫어진 버선의 올을 맞춰서, 감쪽같이 곱게 감침질을 해서 얌전히 기워야 바느질 솜씨가 좋다고 하였다.

버려도 될 것을 기워 입으려니 바느질 솜씨가 나오지 않는다. 그러니 솜씨 없이 기운 나의 내복들을 네가 빨리 치워 줬으면 한다. 딸아.

아기에서 어린이로 큰 손자

"재원이는 요새 골치 아프게 활발해졌어요." 재원아, 너의 아빠가 할머니에게 보낸 전자우편 속에 이 말이 적혀 있었다. 너의 아빠가 한국말 표현이 조금 서툴구나.

"골치 아프게 활발해졌다."라는 뜻은 우리 손자가 아기에서 어린이로 자랐다는 뜻이다. 어린이는 얌전히 앉아 있으면 안 된다. 활발하게 움직이고 모든 것에 호기심을 가지고 알고 싶어 해야 한단다.

그래야 많이 배우고 빨리 성장하는 법이다. 데이케어에서 선생님을 따라 놀이방으로 가려고 친구의 손을 잡은 손자의 모습을 보니, 영락없는 유치원 어린이로구나.

이제는 아기가 아니고 유치원 학생이 되었구나. 재원아, 선생님 말씀을 잘 듣는 학생이 되어라. 우리 손자야.

집안에 유일한 손녀딸

우리 집안에는 손자 다섯 명에 손녀딸 한 명이 있다. 형보다 먼저 결혼한 작은 아들은 28세에 위스콘신 대학교 매디슨에서 전자 공학 박사 학위를 받고 며칠 뒤에 결혼하였다. 아버지와 어머니는 서울에서 와서 졸업식과 결혼식에 참석하고 돌아왔다.

작은아들이 낳은 첫딸은 어엿한 시니어 하이스쿨 10학년이 되었다. 멀리 뉴욕에 살고 있어서, 크는 것을 자주 못 본 것이 아쉽다. 초등학교 다닐 때는, 우리 며느리가 학교 선생님에게서 "어떻게 키웠는지 병에 담을 수 있으면 병에 꼭꼭 담아서 팔면 좋겠다."고 하는 말을 들었다고 하였다.

어미야 딸을 잘 길러 고맙구나. 학교 선생님은 학생 아이들을 잘 볼 수 있는 눈을 가졌단다.

그곳 지역 중학교에서는 스펠링 비 경연(Spelling Bee Contest)에 남학생 4명 여학생 1명이 선발되어 참가했는데, 여학생은 우리 손녀딸이 참가했다는 소식은 할아버지 할머니의 큰 기쁨이었다. 중학교 졸업식에서 졸업생 대표로 답사도 했다니, 졸업식에 우리가 참석하지 못한 것이 서운하구나.

고등학교에 입학했을 때는 고등학교 학생이 된 소감을 써 달라는 원고 청탁을 받고, 써낸 글이 실린 학교 신문을 우리가 받아 보고 한없이 기뻤단다. 우리 집안에 유일한 손녀딸 혜진아, 신통하다. 어미의 교육이 훌륭하구나. 앞으로 내내 훌륭히 키우기 바란다. 혜진아, 한국 사람이 이민 가서 그 땅에 살려면, 미국 사람보다 더 큰 노력을 해야 한다는 것을 잊지 말아라.

앞으론 한인 이민 2세들이 연방 및 지방 정부에 진출하여, 미국 주류 사회에서 큰 활약을 하고 공헌도 많이 하면서 살아가기를 기대해 본다. 시애틀에서 할미가.

분실한 우산

내가 아끼면서 사용하는 우산을 오늘 버스에 놓고 내렸다. 분실하기 쉬운 것이 우산이지만, 오늘 버스 안에 놓고 내린 우산은 오랫동안 아깝게 생각될 것 같다.

아침에 외출하려는데 비가 부슬부슬 내렸다. 억세게 오는 비는 아니지만, 옷을 충분히 적실 비였다. 버스로 외출을 해야 하므로, 남편은 접이식 우산 넓은 것을 들고 나는 우산 겸 양산으로도 쓸 수 있는 긴 우산을 들고 나섰다.

집에 돌아올 때는 비가 그쳐 우산을 접어서 버스를 타고 오다가 의자에 두고 내렸다. 내가 그 우산을 아끼는 이유는, 우산을 펴려고 버튼을 누르는 순간 탁 소리를 내면서 우산 살이 짱짱하고 힘차게 확 펴지는데, 그 순간 기분까지 상쾌해진다. 한눈에 봐도 견고한 우산이라는 증거임을 알 수 있다.

일 년에 절반이 우기인 시애틀에 사는 사람들은, 비가 와도 별로 우산을 들고 다니지 않는다. 하기야 비가 오는 날 건물에서 나와, 우산을 펴고 주차장의 차 앞에 가서 접는 것은 번거로울 수도 있겠다.

하루는 버스로 외출했다가 그칠 줄 모르고 내리는 비를 만났다. 우리는 우산을 두 개 사서 펴들었다. 몇 발자국 안 가자 우산이 뒤집혀서, 비를 그냥 맞고 집으로 왔다. 우산은 더는 쓸 수 없게 되었다. 우산이 견고하지 않아서 우산의 역할을 못 하니, 우산 쓰기가 싫을 수도 있겠다고 생각하였다.

사람과 사람 사이의 연을 인연이라고 하지만, 나는 내가 가지고 있는 어떤 물건도 인연이 있어야 오래 가질 수 있다고 생각한다. 나는 학교 다닐 때부터 쓰던 손수건을 근 60년을 가지고 있다. 천이 부드러운 아사인데 가장자리가 연보라색이고, 그 위에 연한 노란 꽃과 흰 꽃이 아기자기하게 그려져 있는 손수건이다.

내가 어렸을 때, 할머니께서 흰색 명주 수건을 들고 다니시며 눈 밑이 발갛게 짓무른 눈을 닦고 다니시던 생각이 난다. 안구 건조증이 생기면, 눈 자체에서 눈물의 분비가 늘어난다는 것을 안과 의사로부터 들었다. 그때 할머니가 안구 건조증으로 눈물이 나서 닦고 다니셨나 보다. 나도 가끔 눈을 닦을 때 내 손수건을 꺼낸다.

내가 가지고 있는 손수건은 나와의 인연이 깊기에 아직도 가지고 있나 보다. 그러고 보면, 잃어버린 그 우산은 내가 아끼던 우산이지만 인연이 여기까지인 것 같다. 그러나 탁 눌러서 팍 힘차게 펴졌던 모습은 오래 아쉬움으로 기억될 것 같다.

테리 할머니(A)

우리 집 앞집에 87세 되시는 테리(Terry)라는 할머니 한 분이 혼자 살고 있다. 이탈리아계 미국인인 할머니는 작은 키에 몸집도 아주 작은 편이다.

항상 옷매무새가 단정하고, 하루에 한 번씩은 운전하며 외출한다. 성당에도 가고 식품점 쇼핑도 한다. 아들과 딸 하나가 스포캔에서 살고 딸 하나는 뷰리엔에서 산다.

하루는 테리가 자기 집으로 들어오라고 해서 들어가 보니, 깔끔한 살림 솜씨가 젊은 사람이 무색할 정도이다. 헌 청바지를 갈아입고 정원 손질을 하고, 차고도 호스를 들고 다니면서 물청소를 하며, 늘 집안일을 한다.

나를 만나면 시카고에 사는 우리 아들의 안부를 묻는다. 우리가 이 집으로 오기 전에 우리 아들이 이 년 정도 살았다. 우리 아들은 앞집에 연세가 많은 노인이 혼자 사는 것이 참 장하다고 생각하면서, 불편한 일이 있으면 도와드렸다고 한다.

평년과 다르게 눈이 많이 내린 겨울 며칠간 할머니가 외출한 흔적이 없자, 우리 아들이 할머니의 안부가 걱정되어 마을 회장에게 연락해서, 할머니가 별일이 없으신가 확인해 보도록 하였다.

그런저런 일들로 할머니는 우리 아들을 고마워하는 것 같았다. 나 역시 우리 아들의 안부를 묻는 할머니가 고마웠다. 정월 초하루에는 집에 초대해서 떡국을 대접하기도 했고, 아들 내외가 시카고에서 오면 우리 집에서 같이 식사를 하도록 하였다. 식사량은 적어도 우리 음식을 가리지 않고 고루고루 잡수시는 식성이다. 생선전을 잘 드시기에 가실 때 담아 드렸더니, 가지고 가신다.

나이 많은 할머니를 노인 대접하고 싶어서, 쓰레기차가 다녀간 다음 할머니 빈 쓰레기통을 끌어다 그 집 차고 문 앞에 놓았다. 한데 그다음에 보니 우리 쓰레기통이 우리 차고 앞에 놓여 있는 것이었다. 그걸 보는 순간, 가냘픈 할머니가 쓰레기통을 끄는 모습이 상상되면서, 내 머리를 한 대

맞은 것 같은 느낌이었다.

내가 노인한테 실례를 저질렀다는 생각이 들었다. 아무리 나이가 많아도 내가 움직일 수 있는 한, 남의 도움을 사양하는 미국 노인의 독립심을 배웠다. 그다음 만났을 때, 내가 당신을 성가시게 했나보다고 했더니 할머니가 입가에 웃음을 띤다.

테리 할머니(B)

10월이 되니, 비가 자주 내린다. 어제저녁부터 내리던 비가 오늘 아침까지 추적추적 내린다. 가을 들어서 앞집 테리 노인 집 앞에 낯선 차가 자주 밤을 지내고 가는 횟수가 많아졌다.

연세 드신 노인이 혼자 사는 것을 보고 장하다고 여겼기에 궁금한 생각이 들었다. 쓰레기차가 오는 금요일이면, 노인 집 앞에는 여전히 쓰레기통이 밖에 놓여 있어서 노인 건강이 안심되었다. 이날도 창문으로 건너편 노인 집을 내다보니, 차고 문 앞에서 웬 이삿짐 차가 짐을 싣고 있다.

이상한 느낌이 들어 머리를 고쳐 빗고 빗속을 건너가

자, 이삿짐 차가 떠난다. 노인이 차 문을 열기에 "Good morning. How are you?" 했더니, 건강한 목소리로 "I'm fine." 한다. 집이 커서 팔고 양로원으로 간단다.

긴 이야기를 할 수가 없어서, "테리가 건강하다니 고맙다"고 인사하고 떠나는 노인의 차에 대고 손을 흔들었다. 테리는 며느리가 운전하는 차를 타고 그동안 살던 밀러스 크리크를 떠나, 뒤쪽 큰길에 있는 양로원으로 향하였다.

나는 집에 와 마음이 어수선함을 느끼면서, 삶이란 것을 생각해 보았다. 인간은 부모로부터 정기를 받아 태어나서 양기를 보충하며 살아간다. 우리는 이 땅에서 영원히 거주할 수 없는, 잠시 머물다 지나가는 과객(過客)이 아니던가. 세월을 이길 자는 아무도 없구나.

나는 80을 살면서 우선순위에서 나를 제일 뒷전에 놓고 살았음을 슬며시 후회하는 아침이다. 나를 돌볼 사람은 나를 제일 잘 아는 나밖에 없지 않겠나. 오늘 오후에 동네길 건너편 '슈퍼 서플리먼트(Super Supplements)'에 가서 '유산균제(Probiotics)' 한 병 사서 먹어 봐야겠다.

6. 튤립 페스티벌

삶에서 깨달음 하나
돈은 발이 넷이 달렸대요
가족 여행
튤립 페스티벌
저녁 식사하는 손자
바람이 몹시 불던 밤
보스턴에서 점심을
재원아, 팔을 물렸구나

그랜드캐니언

삶에서 깨달음 하나

평생 삶을 돌아보고 삶에 대한 감상문을 쓰라고 한다면, 무엇이라고들 쓸까? 나는 일생이 코미디 쇼를 크게 한마당 한 것 같다는 생각이 든다. 굽이굽이 돌아보니, 아슬아슬한 외줄 타기 곡예를 한 것 같다. 보람도 있었고 억울함도 겪었으며 실망도 맛보았다.

80을 넘게 살다 보니, 인생에는 공식이나 정답이 없다는 것을 깨닫게 되었다. 공식이 있고 정답이 있는 것은 수학 문제에서나 있다. 인생 문제에서는 없다. 어떤 똑같은 인생 문제를 열 사람 발등에 던져 준다면, 풀어 가는 공식이 열 가지이고 나오는 답도 열 가지이다.

개인의 인격, 사고방식, 성격, 생활 환경, 성장 환경, 교육의 차이, 성별의 차이, 가치관, 직장관, 인생관, 이런 여러 가지 요소가 천차만별의 세상사를 만드는 것이다. 인생사에는 상식과 이상만이 있을 뿐이다. 인생사의 이상이 철학이 아닌지.

사람이 살면서 도덕이나 윤리를 외면한 부당한 일을 당했을 때, 그 부당함과 싸워 이기려고 맞서서 대항하다 보면, 살상이라는 극한 상황도 벌어지는 것을 쉽게 볼 수 있다. 그 누구도 이런 사회에서 살기란 힘들 것이다. 그런 삶 속에서 깨달은 것 하나가 있다. 그것은 인내, 바로 참는 것이다. 인내는 엄청난 고통과 막대한 손실을 요구한다.

육이오 사변 후 경제적인 이유로 이종사촌과 외사촌이 우리 집에서 잠시 살았다. 둘의 나이 차이가 한 살 차이니 서로 작은 일에도 티격태격할 때면, 우리 어머니는 '참을 인(忍)' 자 셋이면 살인도 면한다고 하시며 어린 조카들을 말리곤 하셨다.

요즘 치매 예방이라며 남편은 미국 속담을 내게 알려 준다. 모두 외울 수는 없고 그중에 내 마음에 꼭 드는 속담이 두 개가 있다. 'Patience conquers the world(인내가 세상을 정복한다)'와 'Patience is the key to paradise(인내는 천국의 열쇠다)'라는 속담이다.

자식들아, 너희들도 이 속담을 항상 입안에 넣고 중얼거리며 평생 살았으면 좋겠다. 세상을 살면서 '인내' 즉 참는 일만큼 중요한 일은 없을 듯하다.

돈은 발이 넷이 달렸대요

"언니 돈은 발이 넷이 달렸대요." 한동네에 사는 고종사촌 동생이 내게 말을 한다. 가만히 생각하니 그럴싸하게 들렸다. 두 발 달린 사람이 네 발 달린 돈을 잡으려면 어렵겠구나. 반대로 돈이 나를 잡으려고 내게로 달려오면 나를 덥석 잡겠지. 그 말 참 실감이 난다.

우리가 이민을 준비하면서 부동산에 집을 팔아달라고 부탁했다. 우리 집은 고시원이 많은 노량진 동네에 있으므로 쉽게 팔릴만한 집이었다. 집을 지을 때 단단하게 잘 지으려고 건축비도 더 들여서 지었다. 집을 튼튼히 짓는 것을 보고 이 집에서 백 년을 살려나 하는 이웃도 있고, 지진이 나도 끄떡없겠다는 말을 듣고 보러 오는 친척도 있었다.

집은 3층으로 지어서 맨 위층에는 우리가 살고, 1층과 2층은 한 층에 두 집씩 네 집에 세를 주었다. 건물을 건축할 때부터 오겠다고 계약한 신 씨네는, 우리가 팔 때까지 19년을 살았으며, 우리 집에서 아들딸 남매를 결혼시켰고, 또 모친도 그 집에서 작고하였다. 우리 집에서 세 사는 사람 모두가, 교통 좋고 살기 편하고 집세도 싸니 6, 7년씩 살다가 집을 장만해서 이사하였다. 집터가 부자 되어서 나가는 집이라고 자기네들끼리 말을 하였다. 고시원으로 개축하기 좋은 집이었다.

노무현 대통령 임기 말은 불경기로 경기가 침체하고 외국 투자자들이 빠져나가는 시기였으므로 부동산 경기도 없던 때에 집을 팔려고 내놓았다. 이민 절차를 한두 가지 진행하고 있어서 우선 급한 게 집 파는 것이었다. 하루는 부동산을 찾아가 수수료를 법정 수수료보다 몇 배 정도 더 줄 터이니 빨리 좀 팔아 달라고 하였다. 그 후 일주일 정도 됐을 때 고시원으로 개축할 사람을 만났다. 집은 팔렸지만 사는 사람이 집값을 8개월 후에나 완불한다는 조건이었다. 우리로선 살 사람 만난 것을 다행으로 생각하면서 매매 계약을 마쳤다. 이민 절차를 집값의 끝전을 받는 시기와 맞춰야 하였다.

그 매매 계약 시기가 이명박 대통령이 취임한 지 며칠 안 되었을 때였다. 국민들은 대통령이 바뀌니 경제가 살아날 것을 기대하는 듯하였다. 다른 부동산 사무실 여기저기서 문의가 왔고 팔렸다니 실망하는 눈치였다. 우리로선 집이 팔려 다행으로 생각하고 있을 때, 환율이 하루가 다르게 오르는 것이었다. 달러가 시장 경제에 따라 오르는 게 아니고 대통령 지시로 오르나 하는 의심도 해 보았다. 집을 팔 때 1달러에 1,000원이던 것이 1,500원, 1560원까지 오르는 것이었다. 시대적 운명이니 누구에게 하소연하겠나? 막대한 손실을 보고 이민을 왔다.

하루가 다르게 오르는 환율을 보고, 사촌 동생이 저도 딱해 보였는지 "언니 돈은 발이 넷이 달렸대요." 하였다. 그래 네 말이 맞는가 보다 했지만, 속은 숯처럼 새까맣게 타들어 갔다.

가족 여행

올해는 큰며느리가 컨퍼런스 가는 곳을 두 곳이나 따라가는 여행을 하였다. 노스 웨스턴(North Western) 의대에서 강의와 연구를 하는 며느리는 잦은 컨퍼런스를 다닌다. 다른 여행보다 특별한 기분이었다.

6월에는 포틀랜드에서 컨퍼런스가 있어 시애틀에서 큰 차를 빌려 타고 그곳으로 갔다. 여행지에서는 며느리와 별도로 아들, 손자, 할아버지와 내가 여기저기 관광을 하였다. 며느리는 저녁 식사 때만 가족과 함께 보냈다. 컨퍼런스의 남은 일을 며느리가 호텔 방에서 밤늦게까지 하는 것을 보니, 참 힘들겠다고 생각하였다. 한편으로 젊어서 능력이 있어 바쁘게 사는 것도 멋이 있어 보인다.

8월에는 보스턴에서 큰며느리의 컨퍼런스가 있다는 것을 일 년 전에 알고, 그때가 손자들의 여름 방학이므로 딸이 온 가족 모임을 주선하였다. 우리 내외는 딸네 식구를 따라 시애틀에서 뉴욕으로 갔다. 딸네는 뉴욕에 내려 관광을 하였고, 올버니에 사는 작은아들은 초등학교 2학년 손자와 함께 공항에서 우리 부부를 픽업해서 보스턴으로 향하였다. 우리들은 중간에서 하루 저녁 자고, 그 이튿날 보스턴에 도착하였다. 보스턴에 먼저 도착한 큰아들과 손자는 여기저기 관광을 하고 있었고, 며느리는 컨퍼런스에 참석 중이었다.

둘째 아들은 우리를 보스턴 관광을 시켜 주었는데, 몇 달 전부터 둘째 며느리가 관광 스케줄을 짰다고 하였다. 미국 독립선언서가 낭독되었던 옛 주의사당(Old State House), 보스턴 티 파티 선박과 박물관, 매사추세츠 공과대학, 하버드 대학, 존 F. 케네디 도서관을 돌아보았고, 맛있는 식당도 찾아갔다. 이번 여행으로 미국의 독립 과정과 역사를 잘 알게 되었다.

관광을 마친 가족들이 올버니에 있는 둘째 아들네 집에 모였다. 온 가족 모두가 오래간만에 한자리에 모인 의미를 되새기며 둘째 내외가 준비한 식사를 마음껏 즐겼다. 둘째 며느리의 음식 솜씨가 훌륭했으며, 한 사람이 바닷가재 한 마리씩 먹게 한 것도 멋있는 발상이었다. 아름답게 꾸며진 뒤뜰의 정원도 정성을 들였구나. 넓은 잔디밭에서 손자들이 공을 차고 물총을 쏘며 뛰어노는 모습은 가장 행복한 광경이었다.

바쁜 일상 때문에 큰아들 식구는 먼저 시카고로 돌아갔다. 딸네와 우리 내외는 이틀 더 묵고 손자들의 외줄 타기 공원과 웨스트포인트를 구경하였다. 미국의 용기와 질서와 국가의 힘이 웨스트포인트에서 만들어진다는 생각이 들었다. 웨스트포인트 출신이 묻힌 묘역에는 한국 전쟁 때 전사한 용사들의 비석도 눈에 띄어 눈시울이 뜨거웠다.

이번 여행은 일 년 전부터 딸이 계획했고 아들 내외가 가족 접대에 온 정성을 들였기에, 네 가정이 같은 시기에 한 자리에 모여 행복한 시간을 보냈다. 우리 내외는 시키는 대로 따르기만 했을 뿐이다. 아들딸들이 고맙다.

튤립 페스티벌

오늘은 아침 일찍 딸이 전화로 "아이들의 방학이 시작되는 날이라 튤립 페스티벌(Tulip Festival)에 데리고 가려는데 어머니 아버지 가시려면 준비하세요." 하였다. 날씨가 유난히 화창해서, 늙은 사람도 어디라도 가고 싶었다.

나는 "그래 우리도 가고 싶다."고 하였다. 딸이 아버지 차를 운전하고 손자들과 우리 내외와 강아지 몰리가 일행이 되어, 우리 동네를 떠나 5번 고속도로를 탔다. 시애틀 북쪽의 스케이짓 밸리(Skagit Valley) 근처에서 내려서, 딸이 싸온 샌드위치로 점심을 먹고 30분쯤 더 가니 목적지에 도착하였다.

모두가 차에서 내리자, 딸은 몰리에게 "Molly stay here. Mommy will come back."이라고 하며 창문을 조금 열어 놓고 내렸다. 몰리는 그 말이 곧 돌아올 테니 기다리라는 뜻임을 안다. 우리가 걸어가는 뒷모습을 창문으로 내다보면서, 몰리는 멍 멍 멍 몇 번 짖는다. 의리 없는 사람들 하는 것같이 들린다. 마음이 짠해지며 가엽다는 생각이 든다.

넓은 튤립 농장은 온통 꽃으로 덮였다. 아름다운 갖가지 색의 튤립은 만개해서 장관을 이루고 있었다. 꽃의 색깔이 캔버스에 물감을 칠한 것 같다. 올해는 기온이 온화해서 개화가 빠른 듯하다. 큰 화분에 분재해서 기른 다양한 튤립도 탐스러운 꽃들을 피웠다. 우리 모두 튤립 꽃길을 빙 둘러보고 사진도 찍었다. 나는 기념품 판매장에서 튤립이 그려져 있는 머그잔 하나를 샀다.

3년 전에 서울에서 친구가 왔을 때, 시카고에 사는 아들이 엄마 친구가 오신다고 회사에 휴가를 내고 운전 서비스를 한다고 왔었다. 아들은 여러 가지 관광을 시켜드린다고 저 나름 고민하는 듯이 보였다. 그때가 튤립 페스티벌이 있다는 광고를 보고 갔었다.

그 해는 날씨가 추워서인지 개화가 늦어져서 아름다운 꽃을 보지 못했다. 아쉬움을 안고 돌아와야 했다. 오늘과 같은 만개한 튤립 페스티벌이었으면, 구경하는 친구들도 구경시켜 주는 아들도 기뻐했을 텐데. 지금 생각해도 참 아쉽다.

저녁 식사하는 손자

아이패드 페이스타임이 울리면 얼른 열어 본다. 내가 저녁 식사 준비할 시간이면 우리 손자는 저녁 식사 시간이다. 아들 며느리가 손자 보시라고 불러 준다.

시애틀에 앉아서 시카고에서 사는 손자의 저녁 먹는 모습을 보는구나. 오늘은 커다란 스테인리스 스틸로 된 식판을 앞에 놓고 큰 칸에 '원디쉬밀(one dish meal)'을 놓고 먹고 있구나. 데이케어서 오면 배고프지. 점심은 어린이들과 같이 맛있게 먹었겠구나.

이유식을 먹여 줘야 받아먹던 손자는 어느새 혼자 포크로 식사하는구나. 너의 식사하는 모습이 멋있구나. 엄마가 뭘 해줬길래 맛있어 보인다. 오른손 주먹으로 포크를 쥐고 음식을 떠서 입에 넣을 때, 왼손으로 포크 밑을 바쳐서 먹는구나. 흘리지 않으려는 모습이다.

언제 그렇게 잘 배웠느냐. 16개월 된 너는 지혜롭다. 아가야, 맛있게 먹어라. 어서 커서 식판에 빈칸이 없이 여러 가지 음식을 담아서 가리지 말고 고루고루 식사하기 바란다.

귀여운 손자야, 앞에선 너의 아빠가 먹는 모습을 지켜 보고 있구나. 할머니가.

바람이 몹시 불던 밤

한밤중 잠결에 '쿵' 하는 소리가 들렸다. 내 생각에 남편이 침대에서 밑으로 떨어졌나 하고 손을 뻗어 보니, 누워 있었다. "무슨 소리 들었어요." 하고 물으니, "응" 하고 대답한다.

세게 몰아치던 비바람이 멎자, 겁에 질린 채 아래층으로 살살 내려가 창밖을 내다보았다. 덱 위에는 나뭇가지가 어지럽게 떨어져 있고, 큰 나무 하나는 우리 집 뒷들 담과 옆집 담을 부수고 넘어져 있었다.

가슴이 덜컥 내려앉았다. 위층을 향해서 "나무가 쓰러졌어요."라고 외쳤다. 그때 밖에서 누군가가 "어머니" 하면서 문을 두드린다. 머릿속에 사위가 어떻게 알고 왔을까 하는 놀라움과 의아심이 들었다. 조심스럽게 문 쪽으로 가보니, 옆집 청년이 와 있었다. "Are you OK?" 하는 것이었다.

우리 집과 자기 집 담에 나무가 쓰러져 있다고 한다. 놀라지 않았느냐고 하면서 자기는 지금까지 잠을 안 잤다고 한다. 자정에 옆집 노인들이 놀라지 않았나 염려해 주는 이웃집 청년의 마음씨가 아름답다. 어머니와 아들 두 식구가 사는 집이다. 한국 교회에 다닌 적이 있다고 한다. '어머니'란 말도 배웠고 백팩을 선물로 받기도 했다고 한다. 내가 고맙다고 대답하자 청년은 돌아갔다.

아침에 뒷들로 나가서 쓰러진 나무를 보니, 둘레가 어마어마하였다. 그 큰 나무는 지상에서 5m 높이에서 찢어지면서 쓰러졌다. 그 큰 통나무가 찢겨 쓰러진 것이 더욱 섬뜩했다. 방향이 조금만 비켜 갔으면 우리 집을 덮쳤을 것으로 생각하니 겨울이 싫어졌다. 담 너머 나무가 많은 둔덕 옆에 연못이 있어서, 뿌리는 충분한 물을 빨아들일 수 있으니 나무는 잘 자라고 뿌리는 견고하지 않겠구나 싶다. 센 바람에 뿌리째 뽑혀 쓰러지기 쉽겠다는 생각이 든다.

우리 2층 침실에는 벽 양쪽에 붙박이 유리창이 높은 위치에 나 있다. 유리창의 위치가 높고 밖이 나뭇가지로 가려 있어, 블라인드가 필요 없다. 그 유리창 밖에 나뭇가지가

도로 가로등의 빛을 받아서, 침실에 불이 꺼지면 유리창 반대편 벽에 만드는 그림자를 보노라면, 나무의 움직임을 알 수가 있다.

바람이 몹시 불면 나뭇가지 그림자가 격렬하게 움직이고, 바람이 없으면 움직임이 없다. 겨울이 되면 침실 벽에 만들어지는 그림자 화면을 보고 바람의 강도를 가늠하고 잠을 청한다.

보스턴에서 점심을

보스턴 관광을 마치고, 작은아들이 보스턴 차이나 타운에서 제일 유명한 딤섬 집으로 손자와 아버지 엄마를 안내했다. 유명세만큼 손님도 많았고 맛도 있었다.

점심을 먹고 나오면서, 딤섬 나르는 카트에 소의 양을 찜해서 접시에 담고 그 위에 거무스름한 간장 소스를 끼얹어 놓은 것을 보노라니, 옛날 생각이 불현듯 났다.

내가 남편과 떨어져 미국에서 고등학교에 다니는 아이들을 돌봐줄 때였다. 나는 아이들에게 가끔 소양 전골을 만들어 주었다. 소양은 소의 위를 말한다. 값은 저렴해도 맛은 고소하였다. 부드럽게 삶아서 채소와 같이 양 전골을 해주면 가리지 않고 잘 먹는 아이들은, 소양 고기의 쫄깃쫄깃한 맛의 표현을 '꼬잉꼬잉' 하면서 먹었던 것을 고맙게 생각하였다.

그때 육류 중에 제일 쌌던 것은 터키 드럼 스틱이었다. 삶아서 부드러워지면 살을 발라서 채소와 같이 캐서롤을 해주었다. 소고기 간 것을 볶아서 기름 빼고, 오이생채와 참기름 고추장만으로 해준 비빔밥은 세상에서 제일 맛있는 비빔밥이라며 먹었던 아이들이 고마웠다. 비용은 적게 들여도 영양이나 맛은 최대로 내어 보려고 나름대로 고민하였던 시절이었다.

1979년 내가 미국에 처음 와서 맛있게 먹었던 것은 튜너 샌드위치였다. 마이애미에 도착해서 며칠 안 된 어느 날 슈퍼에 갔을 때, 어느 부인이 캔을 여러 개 쇼핑카트에 담는 것을 보고, 세일하는 것이 아닌가 하고 나도 몇 개 사 왔다. 집에 와서 보니 강아지 밥이었다. 강아지 밥이 캔으로 나오는 것을 본 일이 없었던 나는, 웃지 못할 망신을 한 것이었다.

자세히 보지도 않고 사 온 것이 불찰이었다. 강아지 밥은, 남은 음식을 마당 한쪽에 강아지 밥그릇에 부어 주는 것만 보았던 나였으니까. 슈퍼마켓에 강아지 밥이 그렇게 멋있게 진열되어 있을 줄은 상상을 못 하였다. 내가 미국

시장에 어두웠다.

식자재로 간단한 기본 조리를 해서 먹으면 음식이 되고 음식을 영양, 맛, 색, 향 모양을 생각해서 조리한 것은 요리라고 생각한다. 요리는 종합 예술이다.

재원아, 팔을 물렸구나!

아직 말을 못 하는 손자가 어린이집에서 팔을 물리고 왔다. 물린 자국이 둥글게 뚜렷한 것을 보니, 이가 많이 난 너보다 나이를 더 먹은 아기가 물은 것 같구나. 여자 아기라면서?

아래위 잇자국이 네 개인 것을 보니, 두 번 물렸구나. 몹시 아팠겠다, 손자야. 네가 먼저 그 아기한테 무례하게 했니? 경위를 듣지 못해 답답하구나. 화면으로 보이는 너의 모습은, 물린 팔이 엄마 손에 잡혀 있고 너는 고개를 돌려 시선을 땅에 떨군 것을 보니, 낮에 물릴 때 기억을 돌이켜 생각하는 듯해 보이는구나.

아가야, 그 어린이를 잘 기억해 두고 그 어린이 곁에선 조심해라. 자기 힘으로 당하지 못하면 물어 버리는 어린이가 있다. 무는 사람은 온 힘을 다해 물어뜯으니 엄청나게 아픈 법이란다.

어린이들이 형제간에 그런 버릇이 있을 때는, 교육적인 매를 맞으면 무는 버릇이 고쳐진다. 그렇지만 그 아기에겐 그렇게 할 수 없지 않니?

네가 조심하여라. 네가 어리지만, 그 아이 옆에서 조심하고 또 조심해라. 어린이집에서 항상 즐겁게 놀다가 오거라, 아가야.

7. 내 눈이 자주 가는 사진 한 장

유서 같은 당부

까마귀 먹이 주는 할아버지

내 눈이 자주 가는 사진 한 장

처음 들어 본 속담 "Charity Begins at Home"

콜린(Colin)의 카드

묘지

호스 체스넛

삼 남매

유서 같은 당부

오늘 건강 검진을 받으러 딸이 병원으로 데리고 왔다. 오랫동안 기침을 하고 가래가 나오고 어깨와 팔이 아파 쓸 수가 없었으며 허리가 몹시 아팠다. 서울 같으면 나 스스로 병원을 찾았겠지만, 이곳에선 가정의와 약속해서 가야 하고 또 소개받아 전문의를 찾아야 하니, 나 혼자선 아무것도 가능하지 않다.

병원에서 의사가 증상을 듣고, 여러 가지 검사를 하더니 엑스레이(X-ray)를 찍으라고 해서 찍었다. 조금 기다리니, 의사 말이 엑스레이에 이상 소견이 있으니 컴퓨터 단층촬영(CT)을 하란다. 벌써 걱정이 앞선다. 전화번호를 주면서 예약하라는 소리를 듣는 순간, 폐암일 것 같은 생각이 들었다. 딸이 예약해서 5일 후 10시 30분에 약속이 되었다.

집에 와서 인터넷으로 폐암 사례를 찾아 달라고 남편한테 부탁하였다. 몇 가지 사례를 복사해서 받아 읽어 보니, 나와 똑같은 증상들이다. 어느 여자는 어깨가 아파서 보니 폐암 말기 암으로 전이된 암이었단다. 어느 남자는 폐암 전이로 고관절이 몹시 아팠다고 한다. 영락없이 내 경우가 폐암이 전이된 암이라는 확신이 섰다. 폐암이 전이하여 진행됐으면, 생존율이 낮아서 소생할 수 없다는데.

내 머릿속은 이미 하얗게 된 상태여서 슬픈지도 몰랐다. 도대체 아무것도 생각할 수가 없었다. 아직은 할 일이 남았는데 조금 빠르지 않아? 어떻게 아들과 딸에게 내가 폐암이란 말을 해야 하나. 그게 가장 겁이 나서 차마 말하지 못할 것 같았다. 그것이 제일 두렵다. 남편도 속으로는 안절부절못하는 모습이다. 노년에 상처하면 거지꼴이 되기가 십상이니, 난감한 생각을 하는 것 같이 보였다.

그런 상태로 4일이 지나고 밤이 되었다. 남편은 아이들에게 남기고 싶은 말을 잠자기 전에 써 놓고 자란다. 종이에 다음과 같이 몇 자 썼다. 첫째, 자식들아, 항상 건강 유지하는 일을 게을리하지 마라. 둘째, 자식들을 올바르게 훌륭히 키워라. 남의 모범이 되게 하여라. 셋째, 너희 삼 남매는 똘똘 뭉쳐 우애 깊게 살아라. 형은 아우를 사랑하고 아우는 형을 존경하며 살아라. 배우자의 형제도 너희 형제와 똑같은 형제라고 썼다. 마음속으로 2%의 요행을 바라면서 잠이 들었다.

아침 약속 시각에 딸이 사우스센터 이미징(South Center Imaging)으로 데리고 가서, 뚱뚱한 아주머니 기사가 시키는 대로 숨을 멈췄다 쉬었다 여러 번 하면서 컴퓨터 단층촬영을 하였다. 촬영 사진은 워싱턴 대학병원에 보내져서 판독한다고 하였다. 다음 날에나 결과를 알 수 있다는 말을 듣고 집으로 왔다.

절망하면서도 마음 한구석은 항상 폐암이 아니라고 할 2%의 희망을 버리진 않았다. 2%에 매달리고 싶다. 촬영 당일 오후 2시 사위가 동료 의사에게 직접 결과를 알아보고 폐암이 아니라고 판독되었다고 전해 왔다. 그 말을 듣는 순간 생명을 다시 얻은 것 같은 기분이 들어서 정말 기뻤다. 앞으로 남은 날을 더욱 열심히 살아야겠다고 다짐도 하였다.

5일간 자가 진단으로 폐암 말기로 살았던 생각을 하니, 지금도 무시무시하다. 지금 아쉬운 것은 컴퓨터 단층촬영을 찍으면 10여 년 후에 폐암에 걸릴 수도 있다는 말을 듣고 괜히 단층촬영을 했다는 생각을 한다.

까마귀 먹이 주는 할아버지

우기도 거의 끝나 가고 밖에 날씨가 화창하다. 오후 2시가 지나면 권태로워진다. 남편과 집을 나서서, 근처 맥도날드에 가서 간단한 주전부리도 하고 이야기도 하고 사람들 보는 것으로 기분을 전환한다.

그 시간에 자주 보는 노부부가 있다. 할아버지는 작달막하고 통통한 체격이시고, 할머니는 엷은 선글라스를 쓰고 조촐한 모습에 흰 머리를 위로 빗어서 올린 단아한 노인이시다. 할아버지가 주문한 메뉴를 쟁반에 받아 오는 동안, 할머니는 자리에 앉아서 손지갑만 한 것을 열고 이것저것 꺼내 당 수치를 잰 다음 수첩에 적어 넣고는, 본인이 복부에 주사하는 것이었다.

할머니는 당뇨를 앓고 있다는 것을 곧 알아차렸다. 할아버지가 쟁반에 햄버거를 가져오면, 할머니는 햄버거의 뚜껑 빵을 걷어 내고 고기 치즈와 밑 빵만 드시는 것을 보았다. 할아버지는 커피와 햄버거를 드신다. 다 드신 후에 할아버지는, 걷어 놓은 빵과 감자튀김을 잘게 뜯어서 크게 한 주먹 되는 양을 아스팔트 주차장에 던져 준다.

할아버지 할머니는 장애인 표시가 걸린 차로 가신다. 잠시 후에 어디서 보고 왔는지, 까마귀 두세 마리가 공중을 선회하더니 곧 내려앉아서 감자튀김 조각을 쪼아 먹는다. 삽시간에 까마귀 떼가 새까맣게 몰려들었다. 덩치 큰 흰색 바닷새도 눈치 보면서 쪼아 먹는다. 그중에 몇 마리는 부리 가득히 쪼아 물고 날아간다.

둥지로 가서 먹으려나. 둥지에 식구가 있는 모양인가 궁금하다. 그중에 한 놈은 감자튀김을 고인 빗물에 몇 번 굴려서 먹는 것이 물에 씻어 먹는 것 같이 보인다. 맥도날드에 갈 때마다 유리창 너머로 까마귀가 먹이를 쪼아 먹는 광경을 목격한다.

입이란 기관을 가진 동물은, 끝없이 입에 먹이를 넣기 위해 온갖 노력과 모든 지혜를 짜내야 하고, 위험천만한 눈치도 보아야 한다. 그런 생명에게 먹이를 준다는 것은 자선이다. 할아버지가 베푸는 일은 까마귀들에게 최고의 자선이 라 생각하고 집으로 왔다.

내 눈이 자주 가는 사진 한 장

텔레비전 앞에 놓인 사진 한 장이 내가 자주 가까이 가서 들여다보는 사진이다. 사진 속에는 우리 집 삼 남매가 나란히 서 있다. 큰아들 4살 둘째 아들 3살 셋째 딸이 2살 때의 사진이다.

그 사진 속의 삼 남매의 표정은 제각각이다. 사진을 찍을 때 표정 관리를 아직은 모를 나이이므로 재미있다. 그중에 우리 딸의 표정이 가장 재미있다. 사진의 배경은 우리가 브라질의 수도 브라질리아에 살던 아파트의 앞뜰 잔디밭이다. 뒤로는 아파트가 보인다. 우리 딸의 모습은 입을 다문 채 배시시 웃는 표정이고, 눈은 살포시 땅을 내려다보고 있다.

아버지가 자기를 오빠들과 나란히 세워 놓고 사진을 찍어 주신다는 것이 죄송스러우리만큼 감사하는 마음에, 아버지 카메라를 똑바로 볼 수가 없는 표정이다. 우리 가족은 사진을 찍기 며칠 전에 아버지의 근무지인 브라질리아에 도착하였다.

여행하느라 거친 동경에서의 일이었다. 호텔에 묵을 때, 우리 다섯 식구가 많은 손님과 함께 저녁 식사하는 자리에서 딸아이가 칭얼거렸다. 달래 주고 이유를 알아차리기도 전에 아버지는, 참지 못하고 어린아이를 번쩍 들고 호텔 방으로 데려가 침대 위에 냅다 던졌다.

그 어린 나이에 자기의 요구를 제대로 표현할 수 없었을 텐데. 그때가 두 돌을 조금 넘겼을 때여서 달래 주고 돌봐 주어야 했는데 겁부터 줬다. 아버지가 화가 나서 들고 갔을 때, 얼마나 무서워 떨었을까 생각하면 안쓰럽고 미안하다.

그렇게 무서운 아버지가 오빠들과 자기를 나란히 세워 놓고 사진을 찍어 주시는 일은 자기에겐 참 영광이고 기쁨이다. 텔레비전 앞에 사진을 보면 표정도 죄송할 만큼 고마워하는 것 같다. 딸아이의 귀엽고 또 무서워 떨고 있을지도 모를 모습도 동시에 느껴진다.

그래서 사진은 옛 추억을 끄집어내는 좋은 기록 매체이

다. 옛일을 기억만으로는 간직할 수 없기에 사진을 봄으로써 옛날을 추억하게 된다.

그 딸은 지금 두 아들의 엄마다. 손주들 손에는 아이패드가 들려 있고 할아버지에게 사용법을 가르쳐 드린다.

처음 들어 본 속담 "Charity Begins at Home"

"Charity begins at home."은 미국 속담이다. 자선은 가정에서 시작된다는 말이다. 내가 이 속담을 처음 들었을 때는 그 뜻이 성큼 마음에 와닿지 않았다. 처음 들어 보는 속담이기에 한참 생각해야 하였다. 속담이란 그 나라의 정서와 문화와 국민성을 나타낸다고 생각한다.

미국에 와서 살아 보니, 그 속담의 뜻을 알 수가 있었다. 미국 남편들은 직장에서 퇴근하면, 주부가 하는 일을 잘 도와준다는 것을 알게 되었다. 가사를 돕는 것을 자연스럽고 당연한 일로 생각하는 남편은, 마음의 저변에 사랑과 존중과 배려와 평등의 사상이 깔렸으니, 인간적이고 선진 된 사고를 하는 사람이라 하겠다.

한경혜 서울대 아동 가족학과 교수와 홍승아 한국 여성 정책 연구원 선임 연구 위원이, 한국을 비롯해 일본, 대만, 필리핀, 스웨덴, 노르웨이, 핀란드, 덴마크, 영국과 프랑스, 독일 그리고 멕시코 등 12개국의 만 20세 이상 기혼 남녀를 대상으로, 남편의 가사 분담 비율을 조사하여 통계청의 한국 사회 동향 2014 보고서에 실었다.

위 조사에 따르면, 국제 사회조사 프로그램(ISSP)의 자료 기준으로 식사 준비, 세탁, 집안 청소, 아픈 가족 돌보기, 장 보기, 소소한 집안 수리 등 6개 항목을 비교 조사했더니, 한국 남편들의 가사분담 비율이 북유럽 국가들의 절반 수준으로 나타났다. 순위를 종합적으로 따지면, 일본 남편들의 가사 분담 비율이 최하위를 기록하였고 한국 남편들의 가사 분담 비율이 두 번째로 낮았단다.

과거에 한국 노인들은 남자가 부엌에 들어가는 것을 터부시하였다. 그런 관습은 옛날에 있었던 일이지만, 현대에 사는 젊은이들은 합리적인 사고를 하고 있기에 여성의 갖가지 힘든 가사를 도와주는 남편이 되기를 바란다.

요즘은 주부를 돕는 한국 남편이 늘었지만, 가사 분담 비율이 두 번째로 낮다면 부끄러운 일이다. 문화나 관습은 선진국에서 후진국으로 흘러가게 돼 있으니, 한국 남편도 집안일에 적극적으로 참여하기를 기대한다.

콜린(Colin)의 카드

오늘은 딸과 사위가 어머니 날(Mother's Day) 저녁 식사를 대접한다고 저의 시어머니와 우리 내외를 중국 레스토랑으로 초대하였다.

자리를 잡고 앉아 있는데, 외손자 둘이 '어머니의 날 카드'를 주기에 받았다. 대충 읽어 보고 "Thank you."라고 하고 핸드백에 넣었다. 레스토랑은 어머니의 날 저녁 식사하려고 온 사람들로 만석이다.

맛있게 식사를 하고 집으로 돌아와 카드를 꺼내 다시 읽어 보았다. 초등학교 5학년인 콜린(Colin)은 작은 손자다. 콜린은 A-4 용지를 반으로 접어서 만든 카드 겉장엔 둥근 풍선을 두 개 그려서 띄우고, 오른쪽 풍선 줄은 왼쪽으로 왼쪽 풍선 줄은 오른쪽으로 서로 엇갈리도록 길게 늘여 그린 카드에 "Happy Mother's Day"라고, 그 밑줄에 "To: Korean Grandma"라고, 또 밑엔 "From: Colin"이라 썼다. 카드를 열어 보니 이번에는 "Dear Korean Grandma"라고, 그 밑에 "You are such a great person and thank you for being a great motivation in my life."라고 쓰고 뚝 떨어져 "Colin"이라고 썼다.

나는 영어 사전을 꺼내어 'motivation'을 찾아보았다. 사전에는 '자극, 유도, (행동의) 동기 부여, 학습 의욕 유발'이라고 설명해 놓았다. 단어의 뜻을 살펴보고 작은 손자의 카드를 다시 한번 더 읽어 보았다. 초등학교 5년생이 사용하기는 힘든 단어가 아닌가. 표현이 너무 어른스럽구나. 자기 생활에 학습 의욕을 유발해 준 것을 고맙다고 하는 말이구나.

내가 미국에 왔을 적에 같이 여행이라도 갈 때면, 5살짜리 콜린은 나에게 어떤 상황을 자세히 설명해 주었다. 한국에서 온 할머니가 영어를 못한다 알고 속 깊은 배려를 할 줄 아는 어린이였다. 외손자들이 집에 오면 나는 브로큰 영어지만, "항상 노력하는 사람, 어떤 힘든 일도 참아 내야 한다, 남에게 도움을 줄 수 있는 사람이 돼라."며 또 이런저런 당부의 말을 해주면서 등을 쓰다듬어 주었다. "내가 하는 말의 뜻을 알아듣겠니?" 하면 머리를 끄덕끄덕하였다.

올해 7학년인 큰 외손자가 사전 없이 내가 이해하도록 써 준 카드도 고맙게 읽었다. 올봄을 지나면서 두 놈이 훌쩍 컸다. 할미는 두 손자가 훌륭한 사람으로 성장하기를 늘 바라며 기도한다.

묘지

한국 식품점 앞에서 주마다 나오는 광고지를 가져왔다. 호기심을 가지고 펼쳐 보니, 한국분 이미희 씨의 사진과 함께 공원묘지를 개발하여 판매한다는 광고가 눈에 띄었다.

그 이튿날 이미희 씨에게 전화를 걸어서, 묘지 탐방을 하게 되었다. 나이가 많아서 이민을 온 처지이고 사후에 고국으로 돌아갈 처지도 아니니, 이곳에서 영원히 잠들 것이라면 자식들에게 당황스러움을 덜어 주는 것도 우리가 할 일이 아닌가 생각되었다.

이미희 씨와 약속한 날, 그녀는 우리를 자기 차로 묘

지 투어를 시켜 주었다. 에버그린 와셜리 공원묘지(Evergreen Washelli Memorial Park)에서 운영하는 묘지를 보여주고 또한 지상 묘와 납골묘도 보여주었다.

지하 묘는 봉분이 없는 것이 마음에 안 들고, 지상 묘는 돌로 여러 층으로 만들어져 있으며 시신을 관에 넣어서 그대로 석실에 보관하는 묘라는 설명을 듣고 관리를 잘해 준다고 해도 시신이 든 관을 보관한다는 것이 꺼림칙하였다. 넓은 면적의 석실 비용도 생각을 안 할 수가 없었다. 납골묘는 실내 납골당, 실외 납골당 두 종류가 있는데, 화장해서 납골함에 넣어 보관하는 묘의 종류라고 듣고 우리는 실외 납골묘를 택하기로 마음먹고 집으로 왔다.

며칠 후 큰아들 내외가 왔기에, 장남과 의논도 할 겸 장소와 위치는 어디가 좋은지 의견도 들어 볼 겸 함께 에버그린 와셜리 공원묘지를 찾았다. 고층 아파트 건물 모양으로 만든 실외 납골당을 둘러보고, 묘의 위치를 눈높이의 양지바른 곳으로 계약을 맺고 돌아왔다.

그 후 장례식 준비도 모두 공원묘지 사무실에 의뢰하기로 하였다. 얘들아, 부모상을 당했을 때 당황하지 말아라. 에버그린 와셜리 공원묘지 사무실에서는 상주로부터 연락을 받으면, 시신을 가져가서 계약대로 장례식을 거행해 주기로 하였다. 약관에 상세히 설명되어 있다.

멀리서 오느라 마지막 순간을 못 볼 수 있으니, 장례식 날 마지막으로 얼굴을 볼 수 있도록 하였다. 그날 필요한 화환도 지정해 놓았다. 공원묘지 사무실은 시신을 운반할 때, 사진 20장과 최후로 입을 옷 한 벌도 준비하라고 했으니 준비해 놓겠다. 아버지 어머니가 결정했지만, 공원묘지 사무실에서 약관대로 잘 해주리라 믿는다.

시간 있을 때, 약관을 한번 읽어 보아라. 너희 삼 남매가 침착하게 행하거라. 준비하라는 것은 준비해 놓겠다.

호스 체스넛

물 많고 나무 많은 시애틀은 공기도 맑다. 눈을 창 밖으로 돌리면, 눈 가득히 녹색 천지다. 아! 사람 살기 좋은 곳이구나 생각하였다.

어느 가을날, 산책길을 걷다가 길 위에 밤알이 몇 개 떨어져 있는 것을 보았다. 머리 위를 올려다보니, 언덕 위에 밤나무가 가지들을 길 쪽으로 비스듬히 숙이고 서 있다. 밤알을 들여다보니, 밤껍질이 기름칠한 것같이 윤이 나고 밤의 색이 얼마나 예쁜지. 또 크기도 컸다. 허리 굽혀 주어서 몇 개를 주먹 가득히 쥐고 집으로 왔다.

자세히 들여다보니, 한국 밤과 달랐다. 모양만 비슷했고,

또 나무에 달린 밤송이도 밤 가시가 짧고 듬성듬성 나 있고, 밤송이 하나에 밤이 한 알씩만 들어 있었다. 이름을 알아보니, '호스 체스넛'이라고 하였다. 맛을 살짝 보니 떫은 맛이다. 내 생각으로는 도토리 종류인가 생각하면서 매일 아침 주워 왔다.

아침에 길 위에 적지 않게 떨어진 밤은, 그대로 지나치기에 밤톨이 너무 탐스러웠다. 주워 모으니, 제법 많았다. 저 떫은맛의 밤을 어떻게 했으면 좋을까 고민이 된다. 나는 필시 인간을 위한 약리 작용이 있을 것 같은 생각이 들었다. 지금 내가 성분을 분석할 수도 없고 누구에게 물어볼 수도 없으니 답답하다.

나 혼자 생각으로는 껍질을 벗겨 말려서 가루를 내고, 쓴 맛을 우려내서 도토리묵같이 쑨다면, 사람이 먹을 수 있을 것 같았다. 그러나 어깨가 몹시 아프고 팔을 들기 힘든 몸이므로 생각을 접었다. 그래도 마음 한편엔 도토리묵과 같이 우리 몸속의 중금속을 체외로 배출시킬 것 같은 생각이 자꾸 들었다. 나무 종류도 많고 나무 수도 많은 워싱턴주에는 약용 식물도 많을 것으로 생각한다.

며칠 지나 호스 체스넛을 보니, 수분이 말라 그 모습이 한국 밤이 마른 것보다 아주 볼품이 없고 지저분해 보였다. 모두 쓰레기통에 넣고 말았다. 그 성분이 무엇인지 지금도 궁금하다.

8. 그랜드 캐니언 관광

손자의 응원

새벽길의 앰뷸런스

이른 아침 산책길에 앰뷸런스가 사이렌을 울리면서 달리고 있다. 걷던 길을 멈추고 뒤돌아보니, 차들이 다들 길가 쪽으로 붙으며 앰뷸런스에게 길을 비켜준다.

앰뷸런스의 뒷문 유리창 속으로 불빛이 비치고 내부가 보였다. 환자가 누워 있고, 간호하는 사람은 환자에게 응급처치를 하는 듯 몸을 환자 쪽으로 굽히고 있다. 앰뷸런스가 멀리 가는 것을 보고, 멈추어 섰던 발길을 옮기면서 건강을 생각하게 되었다.

건강은 하루아침에 만들어지는 것이 아니다. 누구에게서 받을 수 있는 것도 아니요 돈으로 살 수 있는 것도 아니다.

나의 건강은 내가 만드는 것이다.

건강을 유지하려면 여러 가지 요건을 갖추어서 실천해야 한다. 조깅할 때 조깅화를 신는 등 세심한 주의를 해야 운동의 효과도 기대할 수 있다고 생각된다.

요즘은 건강에 대한 관심이 많은 시대이므로 건강해질 수 있는 정보나 상식에 쉽게 접할 수 있다. 정보나 상식에 머물지 않고 실천하는 생활 태도가 중요하겠다.

육체적인 건강만이 건강이 아니다. 정신적인 건강도 건강한 육체에서 나오는 것이라는 것을 명심할 일이다. 지금 우리 내외가 걷고 있는 것을 생각하면 감사할 뿐이다. 노인 건강은 밤새 안녕이라는 말도 있지만, 부지런히 아침 운동을 계속하련다.

우리 부부가 젊은 나이라면 가정이 지향하는 목표 설정이나 가정 경제를 운영함에 때로는 의견 충돌이 있을 수 있겠지만, 나이를 먹고 보니 지금 두 사람이 바라보는 곳은 두 사람의 의견이 다를 수가 없다.

서로가 측은한 생각이 마음 깊은 곳에 자리하고 있으며, 서로 지팡이가 되어 남편은 나의 지팡이가 나는 남편의 지팡이로 사는 날까지 살아가련다.

앰뷸런스에 실려 간 환자는 어찌 되었을까. 집에 돌아와서도 잡념이 떠나지 않는다.

손자의 응원

큰아들의 전화다. "재원이가 잘 시간이로구나." 했더니, 지금 시애틀에 가려고 재원이와 시카고 공항에 와 있다고 한다. "뭐?" 이 밤에 어떻게 어린아이를 혼자 데리고 온다는 것인지 놀라고 염려스럽다.

지금 손자는 호기심이 많고 위험한 것이 무엇인지 모를 나이이므로, 혼자 돌보기는 힘든 일이다. 며느리는 바쁜 직장 일이 있으므로, 동행할 수 없을 것이다. 10여 일 전에 아들, 손자, 며느리가 시애틀을 다녀갔다. 며느리의 컨퍼런스가 포틀랜드에서 있었기 때문에, 시애틀에서 큰 차를 빌려서 아버지 어머니도 태우고 포틀랜드 여행을 가서 좋은 시간을 보낸 뒤 시카고로 돌아간 지 한 열흘밖에 지나지 않았을 때여서, 더욱더 놀랍다.

더욱이 밤 비행기를 타면, 도착 시각이 자정이 넘는데, 우리 집 가까이 사는 딸이 차를 가지고 마중 가서 집으로 데려오는 손자의 얼굴에는 피곤이 가득하였다. 어린것을 고생시키는구나. 그 밤에 무리한 여행은 아들 손자 두 부자의 큰 뜻이 있었다.

아침이 밝으면, 미국 독립 기념일을 맞이해서 할아버지 할머니의 시민권 선서식이 있는 날이다. 5월에 시민권 시험을 보았다는 소리를 듣고, 7월 4일 선서식이 있다는 말을 꼭 기억했다가 온 것이다. 사실은 할아버지와 내가 선서식이 있을 시애틀센터에, 버스를 타고 또 다운타운 웨스트레이크 센터에서 모노레일을 갈아타고 가서 장소를 답사하였고, 나는 할아버지께 늦지 않게 가자고 약속한 터였다.

그런데 아들과 손자는 그날을 축하해 주고 싶었나 보다. 특히 교통 편의도 생각했던 것 같았다. 시민권 선서식 날, 시애틀센터에 아들이 차로 편하게 데려다주었으니 말이다. 식장에 도착하니, 주최 측에서 할아버지가 최고령자라고 왼쪽 가슴에 꽃을 달아 주고 지정석에 안내해 주었다. 그리고 사우스 코리아에서 온 Kyung Ku Lee가 80세로 최고령자라고 발표하였다. 신문 기자들이 인터뷰하고 사진도 찍었다.

어린 손자가 푸른 잔디 위에서 성조기를 손에 들고 흔들면서 노는 모습이, "할아버지 할머니, 나보다 늦게 시민권을 받으셨지만, 힘내세요." 하는 것 같았다.

그랬으면 좋겠다!

"어제저녁 네가 지연이와 전화 통화를 했더구나. 그 시간에 지연이에게 문의할 일이 있어 전화했더니, 바쁘다는 신호가 여러 번 나와서 통화를 못 했다. 너희 남매가 전화한 이야기를 오늘 지연이에게서 들었다. 네가 형제들이 다음에 모두 퇴직하면 같은 도시에서 살자고 이야기했다면서. 그 말을 전해 듣고 나는 정말 기뻤다. 지연이도 좋은 생각이라고 하면서 좋아하더라. 지웅에게도 같은 의견을 전해라."고 큰아들과 전화를 하였다.

"젊어서는 각자의 직업에 따라 사느라 같은 도시에서 사는 것이 불가능하겠지만, 나이 먹고 퇴직 후엔 너희 삼 남매가 같은 도시에서 서로 가까이 살았으면, 그 이상 엄마는 바랄 게 없겠구나. 부모와는 오랫동안 같이 살 수 없는 것이 인간의 숙명인 것을 어쩌겠니. 아버지 엄마가 저세상에 가면, 이 세상에는 너희 삼 남매뿐이지 않니?

"너희들은 항상 가까이 우애를 다지며 살아라. 물론 배우자의 형제도 똑같은 형제니라. 서로서로 도우며 조카들도 내 자식처럼 생각하고 아끼며 사랑하고 살아라. 너희들이 미국 땅에서 시민권자로 산다고 해도 너희들은 역시 이민자이니라. 이 땅에서 이민자로 살려면, 자식이 파워이고 형제가 파워이니라. 재산만이 힘이 아니다.

"그래서 자식을 많이 낳으면 좋으련만. 그것은 너희들 몫이니 나의 바람으로 끝내야지."

라스베이거스 여행

오늘 시카고에 사는 큰며느리가 인터넷으로 항공 예약 메일을 보내왔다. 두어 달 전에 큰아들이 어머니 아버지 모시고 라스베이거스 관광을 가겠다고 전화한 적이 있었다. 12월 12일 아침 사우스웨스트 4660편으로 떠나는 항공 예약 메일을 받아 보니, 고맙고 기뻤다. 더 큰 기쁨은 우리 손자를 만나 보는 것이다.

여행 가는 날 아침 새벽에, 가까이 사는 딸이 차로 어머니 아버지를 시택 공항 (Sea-Tac Airport)에 데려다주었다. 사우스웨스트 여객기가 우리를 싣고 아침 8시 55분에 출발하여, 2시간 20분 만에 라스베이거스 공항에 도착하니, 아들 내외가 손자를 안고 로비에서 기다리고 있었다.

우리 일행은 택시를 타고 예약된 코스모폴리탄 호텔을 찾아가 여장을 풀었다. 5131호실에서 창밖을 내려다보니, 분수 쇼가 보인다. 이 호텔은 가장 현대적 감각을 살려서 최근에 건축한, 라스베이거스에서 규모가 제일 큰 호텔이란다. 이곳 호텔들은 건축 양식이 호텔마다 특색이 있다.

어느 여행객은 며칠 여행하는 동안 매일 호텔을 바꾸어 가며 투숙하고 돌아간다고 한다. 호텔마다 어마어마하게 넓은 도박 시설을 가지고 있고, 뷔페식당도 다양한 종류의 음식을 갖추고 있다. 모두가 도박장에서 즐기고 먹고 하는 밤이 없는 도시다. 결혼식을 마친 드레스 차림의 신부가 거리를 산책한다. 세계의 유명한 쇼가 집합한 곳이기도 하다.

며느리가 찾아서 우리를 보게 한 쇼는 쇼 중의 쇼가 아닌가 싶다. 건물 속에 만들어진 쇼 공연장은 운동 경기장의 규모다. 관람석은 돔의 형태로 둥글게 만들어졌고, 가운데는 워터 파크(water park)를 만들어 놓고, 물속에서 무대가 솟았다가 들어가고 솟았다가 들어간다. 무대가 들어가면 쇼단도 물속에 가라앉는다. 어떻게 오랫동안 물속에서 견디고 있는지.

조명이 바뀌며 물이 솟았다 그쳤다 하고 높은 곳에서 물이 마구 쏟아진다. 까마득한 높이에서 사람이 물속으로 떨어지는 묘기는 세계 각지에서 뽑혀 온 선수들의 곡예 무용 쇼이다. 인간의 한계를 넘은 고도의 기술은 절로 감탄을 자아낸다. 쇼의 줄거리는 남녀의 사랑 이야기를 대사가 없이 곡예 쇼로 엮어 가는 것이다. 사랑하는 사이지만 헤어졌다가 만나고, 헤어졌다가 최후로 다시 만난다는 줄거리이다. 무대의 물속 조명과 장식이 순식간에 바뀌는 기술도 여러 분야의 전문 기술자들의 노력이 녹아 있음을 알겠다. 과연 지불한 관람료만큼 보여주는 쇼이다.

목적지를 가려면 자연히 도박장의 도박하는 사람 사이를 걸어가야 하였다. 아들이 어머니 게임 한번 해보시라고 하였다. 처음엔 염두에 두지 않았는데, 여러 번 권하기에 생각해 보니 이런 기회가 다시없을 것 같아서 한번 추억으로 남겨 보기 위해 룰렛트(Roulette)를 하기로 했다. 설명을 듣고 $40을 내고 $1.00짜리 칩을 40개 받았다. 한 10분쯤 하자 내가 $60을 따게 되었다. 손자가 기다릴 것 같아서 오래 할 수가 없기에 일어서자, 칩의 색이 다른 것 몇 개를 주기에 받아서 현금 출납구에 가지고 갔더니 $100을 주는 것이었다. $40을 내고 $100을 받았으니, $60을 딴 것이었다. 웃음이 절로 난다.

내가 게임하기 전에, 자그마한 남자가 앉더니 $100을 내고 칩을 사서 불과 몇 번 안 하고 잃고 일어나는 것을 봤기에, 더욱 웃음이 났다. 많은 사람이 돈을 잃고 멋쩍은 표정으로 일어나 가는 것이었다.

호텔 방에서 며느리가 틈틈이 직장 일을 하는 모습을 보니 안쓰러웠다. 거리를 다닐 때, 손자는 유모차에 앉기를 거부하고 어미 아비 팔에 안겨서 다녔다. 두 살짜리 안고 다니기에 얼마나 팔이 뻐근했을까. 손자의 뜻을 헤아려 보니, 유모차에 앉아서 가면 앞서가는 어른들의 걸어가는 다리밖에 볼 수 없으므로, 어른 팔에 안겨서 관광 도시를 구경하려는 속뜻이 있었나 보다. 우리 손자 참 지혜롭구나!

아들 내외는 우리가 투숙했던 옆 호텔에서 하는 러시아 보석 전시회를 구경시켜 주었다. 제정 러시아 황실의 화려한 생활을 볼 수 있었으며, 보석 세공 장인의 솜씨가 대단했음을 알 수 있었다. 제정 러시아의 문화와 예술은 쉽게 아무 데서나 볼 수 없는 것이 아닌가.

떠나오기 전날, 아들 내외가 에펠탑 레스토랑으로 올라가기에 따라갔다. 프랑스 레스토랑에서 점심으로 캐비아가 든 음식을 주문해서 대접하는 것을 보고, '어버이 살아계실 제 섬기기를 다하여라.'라는 말을 실천한다고 생각하였다. 3박 4일 라스베이거스 여행은 자식이 시켜 주는 효도 관광이다.

라스베이거스가 나에게 "누구라도 예외 없이 희로애락

을 옆구리에 끼고 살아야 하는 우리네 삶에서 희희낙락만 챙겨 가지고 와서, 즐기고 먹고 푹 쉬고 마음껏 웃다가 떨어뜨려 주는 돈은 다음에 또 당신이 온다면 더 즐겁게 해드리기 위해 모든 정성 다하겠습니다." 라고 하는 듯하였다.

그랜드 캐니언 관광

라스베이거스에서 이틀 밤을 지나고 나니, 며느리가 그랜드 캐니언 관광을 하시라고 한다. 라스베이거스에 와서 뜻밖에 그랜드 캐니언을 구경하리라고는 생각하지 못했다. 손자와 며느리는 호텔에 있겠다고 해서, 우리는 아들과 함께 세 사람이 관광길에 올랐다.

아침 예약 시간에 셔틀버스가 와서 우리를 태우고 헬리콥터장으로 향하였다. 차에서 내리니, 사무실 겸 선물 가게로 들어가란다. 직원이 예약한 것을 확인하고 몸무게를 재었다. 잠시 기다리니, 헬기 조종사가 와서 관광객 일행을 헬기 앞으로 데리고 가서, 가족 단위로 자기와 함께 사진을 찍었다. 돌아갈 때 찾아가도록 할 모양이었다.

일행은 우리 식구 세 사람, 두 부부 네 사람, 조종사를 합해서 여덟 사람이다. 헬기 앞 좌석의 맨 왼쪽에 조종사가 타고, 그의 오른쪽에 세 사람 그리고 뒷좌석에 네 사람이 탔다. 허리에는 구명 장비를 착용하고 좌석 벨트를 맸다. 헬기는 활주로를 잠시 굴러가더니, 가볍게 비상하는 것이었다. 무사히 비행하게 해 달라고 마음으로 되뇌면서 밖을 내다보았다.

네바다에서 그랜드 캐니언 관광을 하는 것이었다. 높지 않고 봉긋한 능선은 깨어진 암갈색 바위들로 덮였고 나무라곤 전혀 없다. 아주 작은 풀 같기도 하고 나무 같기도 한 납작한 식물이 검붉은 색으로 깔렸다. 푸른빛이라곤 볼 수가 없다. 나무가 자랄 수 없다는 것을 알 수 있었다. 한 10분쯤 비행하였을 때, 헬기를 왼쪽으로 기울여 비행한다. 짜릿한 묘기를 보여주고 싶었나 보다.

눈앞에 펼쳐지는 그랜드 캐니언은 그림이나 사진으로 많이 봤지만, 실제로 와서 보니 정말 웅대하다. 그랜드 캐니언 골짜기로 헬기가 비행한다. 좌우로 계곡을 볼 수 있다. 아! 대자연의 위대함이여, 감히 인간이 범접할 수 없는 대자연의 자태로구나. 이 웅장하고 근엄하고 범상치 않은 대자연 앞에 숙연해짐을 느낀다. 그 누가 인간이 만물의 영장이라 했던가.

이 웅장한 대자연 앞에서 나 자신은 아주 작은 미물에 지나지 않음을, 아니 그만도 못한 존재로 느껴진다. 20억 년에 걸쳐 만들어진 이 의연한 자태는 권모술수로 범벅이 된 인간의 간교함이 한낱 부질없는 짓이라고 일러 주는 듯싶다. 세상은 진실과 순수와 자연스러움만이 영원하고 아름다울 수 있음을 깨닫게 되는 순간이었다.

이륙한 지 30여 분만에 그랜드 캐니언 정상의 헬기 착륙장에 내렸다. 관광객들은 정한 시간에 여기서 만나기로 하고 헤어졌다. 헬기장에서 셔틀버스로 절묘한 계곡을 볼 수 있는 곳으로 갔다. 걸어 다니며 사진도 찍고 계곡을 더 감상하였다. 까마득한 깊은 계곡에는 강물이 황토색으로 빠른 물살로 흐르고 있고, 건너편 계곡의 윗면이 길게 잘라 놓은 듯 아주 길게 펼쳐져 있다.

내 눈에 비치는 느낌은 신이 지구 최후의 영광을 위해 제단으로 쓰려고 만드셨나? 그 모양이 너무 신기하다. 감히 인간이 범할 수 없도록 만들어진 것을 보면, 저 속에 절대로 인간에게 보이고 싶지 않은 보물이 가득할 것 같은 생각이 든다.

구아노 지점(Guano Point)에서 점심을 먹고 돌아올 때, 작은 돌 조각 하나를 주어서 백에 넣었다. 그랜드 캐니언

돌이라고 가끔 만져 보리라. 내 생애에 가장 위대한 자연의 불가사의한 자태를 보고 왔다.

하와이에서 싸이의 '오빠는 강남 스타일'

딸이 하와이 여행을 가자고 해서, 딸네 식구 외손자 둘, 딸, 사위, 저의 시어머니, 시동생, 우리 내외 여덟 사람이 일행이 되었다. 하와이 여행은 내 오랜 꿈이었다.

2월의 시애틀은 우기이므로 음산하고 비가 많이 오는데, 하와이에 와 보니 화창한 날씨에 기온도 즐길 만하다. 신혼여행지로 꼽힐 만큼 온 도시가 관광 쇼핑센터다. 추운 곳에서 많은 관광객이 올 것 같다. 쇼핑 거리가 관광객으로 넘친다. 일본 관광객이 많이 눈에 띈다.

호놀룰루에 도착한 다음 날, 렌터카로 다이아몬드 헤드 안내소를 찾았다. 차를 주차하고 산을 올려다보니, 높이가 만만치 않다. 휠체어를 타는 안사돈과 삼촌은 등산에 합류하지 않고, 할아버지도 주차장 근처에 앉아서 기다리시라고 하고, 나는 등산에 따라나섰다.

아이들과 많이 뒤처졌지만 결국 정상을 올랐다. 뒤돌아보니, 할아버지도 멀리 떨어져 느린 걸음으로 정상까지 왔다. 모두 대단한 일이라고 기뻐했다. 하와이 전경을 내려다보니 기분이 상쾌하였다. 산 정상에서 작은 외손자의 담임 선생을 만난 것도 기쁜 일이었다.

그다음 날 오전 딸네와 함께 애리조나호 기념관을 방문하였다. 기념관을 둘러보니, 일본 공군은 야비한 기습을 감행했고 미국 함정은 속수무책으로 당해서, 미국 측 손실이 엄청나게 컸다. 구경한 소감은 일본 공군의 진주만 폭격이 무모한 침략 행위였음을 알게 되었다.

우리 두 사람은 와이키키 해변을 걷기도 하고 버스를 타고 시가지 관광도 하였다. 딸네 식구들은 바다에서 해수욕을 즐겼고, 사돈은 휠체어를 타고 작은아들의 안내를 받아 시가지를 두루 구경하였다.

저녁나절에는 모두가 모여서 식당가로 향하였다. 씨푸드, 일본식 가락국수와 메밀국숫집 앞에는 사람들이 줄을 길게 서 있었다. 여행 마지막 날 저녁은 가락국수집에 들러 먹으면서, 각국 음식도 관광의 요소가 충분하다고 생각하였다.

떠나오기 전날 어둑어둑했을 때, 손주들에게 줄 선물을 사려고 호텔을 나섰다. 거리를 더듬어 선물을 사서 돌아오는데, 어느 상가 앞에서 싸이의 '오빠는 강남 스타일'의 음악이 크게 들리고 주위에는 사람들이 빙 둘러서 있었다.

가까이 가 보니, 노점상이 바닥에 그림을 펴 놓고 음악을 틀어 놓았다. 주위 사람들은 음악에 맞추어 춤을 신나게 추었다. 우리 두 늙은이는 자신도 모르는 사이에 춤을 흉내 내었다. 싸이의 '오빠는 강남 스타일'의 음악은 신나게 흥을 돋워 주었다. 그렇게 4박 5일을 잘 지내고 왔다.

로빈 둥지를 부숴 버린 나

내일은 쓰레기차가 오는 날이다. 쓰레기차가 오기 전날, 나는 우리 집 뒷마당을 청소한다. 떨어진 나뭇잎도 줍고 잡초도 뽑는다.

우리 집은 앞에서 보면 이 층이고 뒤에서 보면 삼층집이다. 지층으로 내려가, 큰방을 지나서 밖으로 나가면 뒷마당이 나온다. 지하 방은 삼 면이 지층이고 한 면이 밖으로 나갈 수 있는 유리문이다. 언덕을 이용해서 건축한 건물이다.

어느 날 지하 방 유리문을 열고 밖으로 나가려고 신을 신는데, 유리문 앞 시멘트 바닥이 마른 나뭇가지와 마른풀로 어지럽고 지저분하였다. 바람이 몰아온 것 같지도 않아서 이상한 느낌이 들었다.

비로 쓸어버리려고 하다가 천정을 쳐다보았다. 일 층에 만들어 놓은 덱의 밑바닥을 올려다본 것이다. 그랬더니 덱 밑바닥과 받침대 사이에 마른풀과 나뭇가지가 지저분하게 걸쳐 있었고, 그 주위에는 여기저기 거미줄이 처져 있었다. 긴 손잡이가 달린 비를 거꾸로 들고 거미줄을 걷어 내고 마른풀과 나뭇가지도 쓸어 내었다.

그때 뭔가 툭 떨어지는 것이 있었다. 놀라서 보니 로빈이라는 새의 둥지였다. 새 둥지가 있다는 것은 전혀 상상을 못 하였다. 순간 어쩌나 하고 큰 죄책감이 들었다. 나는 로빈의 보금자리를 부숴 버린 것이다. 다시 올려놓을 수도 없고.

가까이서 자세히 보니, 갓 지어 놓은 것 같았다. 새 둥지 안에는 아무것도 없었다. 가슴이 주홍색을 한 제비 크기만 한 로빈은, 봄이면 우리 집 근처 숲에서 분주히 오가며 봄을 알리는 노래를 불러 준다, 아침에 로빈의 노래를 들으며 즐거운 하루를 시작한다.

며칠 전 우리 뒷마당에 습한 쪽에 이끼가 끼어 있었는데, 호미로 콕콕 찍어 놓은 것 같이 된 것을 보았다. 밤에 동물이 지나가면서 찍어 놓았나 의심을 하는데, 로빈이 그렇게 했다는 것을 알았다. 덱 밑바닥은 서까래 역할을 하는 받침대 나무로 든든하게 만들어져 있다.

그 받침대 나무 위에 로빈이 둥지를 지어 놓은 것이었다. 이끼를 콕콕 찍어서 물어다가 받침대 나무 위에 늘여 붙여서 둥지가 움직이지 않도록 기초 공사를 하고, 그 위에 마른 가지를 둥글게 둥글게 돌려놓고, 가운데 우기가 끝나서 누렇게 마른 풀잎을 물어다 깔아, 푹신하고 부드러운 방을 만든 것이었다.

로빈 둥지는 건축 기술의 원조가 될 성싶게 그 솜씨가 놀라웠다. 새 생명을 탄생시키려는 너의 거룩한 행동을 내가 방해했구나. 정말 미안하다, 로빈아. 며칠 후에 내려가 보니, 같은 자리에 또 둥지를 지어 놓았다. 새로 지은 둥지는 서둘러 지은 것 같이 모양이 어설프게 보인다.

다행한 일이구나! 생명이 있는 모든 종(種)이 번식을 할 수 있는 것이 지구의 존재 이유가 아니겠니. 어서 예쁜 새끼를 기르기 바란다. 내년 봄에도 고운 너의 노래 좀 들려주렴, 로빈아.

9. 손자의 놀이

아! 바로 이거야
손자의 놀이
차고 문을 보고서
미안하다 엄마가 늙어서
손자의 염려
좋은 습관은 올바른 교육에서
어린 손자의 마음 씀씀이

가든 파티

아! 바로 이거야

시애틀에서 긴 우기가 끝나면, 야외에서 행하는 퍼레이드나 페스티벌을 많이 볼 수 있다. 하루는 뷰리엔 컴뮤니티 센터에서 라벤더 페스티벌을 보러 간다는 광고를 보고, 그날 딸이 컴뮤니티 센터까지 데려다주었다.

라벤더를 보러 가는 날 아침 8시에 노인들이 컴뮤니티 센터에 모였다. 모두 칠십은 훨씬 넘어 보이는 노인들이었다. 같이 갈 운전기사도 나이 많은 몸집이 아주 비둔하게 생긴 할머니였다. 지팡이를 집고 뒤뚱거리는 걸음으로 와서 운전석에 앉는 모습은 노동의 신성함을 느끼게 하였다. 일행은 우리까지 네 부부, 할머니 여섯 사람, 모두 열네 사람이었다.

페스티벌은 시큄(Sequim)시에서 열리며 거기까지 3시간이 걸린단다. 우리를 태운 미니버스는 페데랄웨이를 지나서 양쪽에 나무가 울창한 사잇길을 달렸다. 가다가 중간에 두 군데 들려서 정원 크기의 라벤더 화단을 구경했는데, 선물 가게에서는 라벤더 허브, 라벤더 향 주머니, 등등 수공예품과 기념품을 팔고 있었다. 은은한 라벤더 향이 오감을 편안하게 해주었다. 오늘 보러 가는 라벤더 페스티벌은 라벤더 농장 주인들이 모여서 벌이는 라벤더 자축의 장이다.

일행은 시큄시에서 모두 내려서 3시간의 자유 시간을 가지며, 약속 시각에 버스로 오라는 말을 듣고 각자 라벤더 축제 행사장으로 갔다. 만들어 놓은 무대에선 여러 장르의 음악이 흥겹게 축제 분위기를 더했다. 축제장은 시가지의 양쪽에 흰 텐트를 쳐서 만든 매장으로 길게 줄을 선 사람들의 발길로 붐볐으며, 먹거리의 매장은 여러 가지 음식으로 식욕을 돋았다. 평상시에 볼 수 없었던 공예품과 기념품을 재미있게 천천히 구경하였다.

우리 내외는 그늘진 식탁에서 점심으로 싸서 온 김밥과 과일을 먹으면서, 오가는 사람 보는 즐거움을 느꼈다. 매장에서 파는 아이스크림을 사 먹는 맛이 집에서 먹는 맛과 다름을 알았다. 흥겹게 오가는 사람을 보는 것만으로도 여름날의 지루함을 씻을 수 있었다.

정한 시간에 돌아와 차에 오르자, 앞자리와 옆자리의 노인을 둘러보게 되었다. 차 안에는 할아버지 네 사람 할머니 열 사람이다. 어디든지 노인이 모이는 곳을 가 보면 단연 할머니가 많다. 왜 할머니가 장수할까? 의학자들이 말하는 여성 호르몬이 여성의 수명을 연장한다는 이유를 믿으면서도, 마음 한편 의아한 생각을 가끔 하였다.

며칠 뒤, 나는 부엌에서 쓸 행주를 사 왔다. 100% 면으로 'made in India'라고 한 행주 4장을 한 묶음으로 파는 것을 사 왔다. 한 장을 물에 박박 빨아서 양 손아귀에 꽉 차는 행주를 비틀어 물기를 짜는 순간, '아! 바로 이것이야!' 하고 혼자 중얼거렸다. 양 손아귀에 행주를 쥐고 비틀어서 물기를 짜는 힘은 엄청나게 들었고, 에너지 소모가 크다는 것을 알았다. 운동량이 엄청나게 든다는 것을 알았다. 주부들이 의식하지 않고 자연스럽게 하는 동작이지만, 하루 세끼 한 끼에 수십 번 행주를 빨고 물기 짜는 동작이 여자들이 장수할 수 있는 비결인 것을 알았다.

행주 짜기는 운동한다고 손뼉 치고, 손끝 마주치고, 주먹 쥐고 펴기, 손 털기와 비교가 되지 않을 만큼 에너지 소비량이 많은 운동이다. 거기에 더해서 걸레 빨아 청소하는 일도 장수의 방법이라고 해도 무리가 아님을 확신한다. 또 요리조리 잔걸음은 얼마나 많이 하는 동작인가. 그래 이것이야. 할머니들이 오래 사는 이유가.

손자의 놀이

아이패드를 열어보니, 저녁 식사 후에 30개월 된 손자가 저의 아빠와 자동차 놀이를 하는구나. 손자는 소리 높이 "Play Daddy. Play Daddy." 한다. 빨강 소방차, 노랑 통학 버스, 녹색 차, 청색 차 등 차 종류도 많구나.

손자는 아빠랑 자동차 놀이를 신나게 노는구나. 말이 서툴러도 아빠와는 잘도 소통한다. 아빠는 한참 놀다가 솥뚜껑만 한 손으로 아가의 머리를 덥석 쓰다듬는다. 그 모습이 보기 좋구나. 아빠가 아기 눈높이에 맞추어 놀이 상대를 해 주는 것이 어린이 정서 발달에 좋은 법이다.

아기의 눈으론 어마어마하게 큰 아빠가 자기와 같이 놀

아주는 것이 아기의 자존감을 높일 수 있고, 또 아기는 굳건한 자신감을 가지고 세상을 살아가게 될 것이다. 아범아, 아기와 많이 놀아 주어라. 할머니가.

차고 문을 보고서

아직 저녁 해가 기울기 전에 아들이 퇴근했다. 여름 해가 길어지니, 퇴근 후에 아들은 아버지 어머니를 차에 태우고 드라이브를 시켜준다. 내가 시애틀에 처음 왔을 때부터 아들은 시간을 쪼개서 자주 이곳저곳을 구경시켜 주었다.

퓨젯 사운드 해변과 퀸엔에 가서 시애틀 전경도 보여 주었고, 자동차까지 가지고 섬에 페리를 타고 가서 섬을 한 바퀴 돌아보고, 부호들이 산다는 부촌의 아름다운 정원의 꽃도 보여 주었다. 그때마다 나는 고마운 표시로 "아들아, 내가 이렇게 호강해도 되는 거냐" 하며 웃었다.

그러자 아들은 "어머니는" 하며 웃더니, "어머니는 충분히 받으실 수 있어요" 한다. 아들을 따라 웃어 보니, 마음이 흐뭇하다. 호수며 나무며 아름다운 정원의 꽃들, 퓨젯 사운드의 풍경은 좋은 구경거리다. 주택지를 다니다 보면, 유난히 시선이 머무르는 곳이 있다.

주택의 형태에서 차고 문에 관심이 가는 것이었다. 시애틀의 주택은 한눈에 봐서 크게 눈에 보이는 곳이 차고 문이다. 차가 없이는 생활할 수 없는 미국인 생활에서, 차는 집에서 가장 편리한 장소에서 드나들어야 하므로, 차고가 집의 중심이고 가장 넓은 장소를 차지하고 있다. 첫눈에 집을 딱 보면, 차고 문만 보이는 것 같다.

집이 흰색이면 차고 문도 흰색이다. 그 넓은 차고 문이 무미건조해 보이는 단색으로 된 것보다는, 강을 거슬러 올라가는 연어들, 눈 덮인 레이니어산, 스페이스 니들이 보이는 시애틀 전경, 꽃길을 걸어가는 연인들, 또는 명화나 명언들로 장식된다면, 보는 사람의 마음을 한결 즐겁고 편안하게 해주리라고 생각한다.

흰색 도자기 머그잔보다 여러 가지 그림이 들어간 머그잔에 커피 맛이 더 좋은 것같이, 차고 문에도 멋진 그림이 그려졌으면 하며 호수 건너 부촌의 스타벅스에 앉아서 커피를 마셨다.

미안하다 엄마가 늙어서

딸이 주는 2016년 크리스마스 카드를 받았다. 30여 년 넘게 딸이 보내 주어서 받아 본 편지, 생일 카드 그리고 크리스마스 카드와는 다른 것을 받아 보았다.

그동안 영어로 써서 주는 것만 받아 보았는데, 이번 카드는 한글로 써서 주는 것을 받았다. 반갑기도 하고 조금 의외라는 기분도 느껴졌다.

딸은 1986년 대학에 가면서, 바다 건너 일본에서 또 한국에서 사는 부모한테 보내는 편지나 카드는 영문으로 써서 보냈다. 초등학교 2년의 한글 실력으로 편지를 한글로 서너 장 넘게 써서 보내려면, 시간이 너무 걸려서 영어로 써 보낸다는 것이었다.

두 오라비의 안부와 자기의 근황을 자상하게 써서, 아들들보다 비교적 자주 딸이 보내주는 소식은, 받아 보는 나에게는 기쁨 이상의 행복한 순간이었다.

이번에 준 카드를 받아 펴 보니, "어머니 아버지 나아 주셔서 대단히 감사합니다. 건강하개 오래 엽에 있어 주새요. Merry Christmas! 지연 올림."이라고 썼다.

그동안 한글을 잊지 않았구나. 달필로 쓴 어른 글씨체는 아니지만, 또박또박 예쁘게 쓴 글씨로구나. 발음 나오는 대로 썼구나. 맞춤법에 틀린 것도 있지만 참 잘 썼다. 내용이 웃음이 난다. "나아 주셔서 감사합니다."란 말은 쉽게 접할 수 있는 글이다. 그런데 "대단히 감사합니다"라는 말은 영어식 표현이구나.

또 "건강하게 오래 엽에 있어 주새요."라는 글을 보니, 딸의 간절한 마음을 읽는 듯하구나! 몇 번을 더 읽어 보자, 내 입에서 "미안하다 엄마가 늙어서"라는 말이 툭 튀어나오는구나.

손자의 염려

외손자들의 여름 방학 끝자락에 딸과 사위는 빅토리아(Victoria) 여행을 계획하였다. 아이들과 추억도 만들고 싶었을 것이다. 가끔 딸은 아이들이 대학을 가면 그때부터 집을 떠나는 생활이라며 눈시울이 붉었다.

딸은 어머니 아버지도 같이 가자며 예약을 했다고 한다. 너의 식구끼리 다녀오라고 했을 때, 이미 예약을 했다며 여행 당일 아침 6시에 데리러 온다고 하기에 따라나섰다. 뱃길로 3시간 후에 시애틀 북쪽의 브리티시 컬럼비아주 빅토리아에 도착하였다. 고풍이 감도는 항구 도시이다.

주 의회 건물에 들어가니, 영국 여왕 사진과 내부 장식의 분위기가 관람객들을 압도한다. 한국 전쟁 때 전사한 캐나다 군인 516명과 이 지역 출신 전사자들을 기리는 추모 액자도 걸려 있다. 남편이 안내인과 캐나다 정부에 감사의 말을 전하자, 박수가 터져 나왔다.

캐나다 사람들이 즐기는 티타임도 관광 코스에 들어 있어 허브차를 마신 것도 인상적이었다. 찻잔을 들고 한 모금 마시는 순간, 미얀마에서 외교관 부인들이 돌아가며 티파티를 열었던 일이 생각났다. 영국대사 관저에서 주최했던 티파티의 정경이 기억에 새롭다.

이 땅이 인디언 땅이었다는 것을 분명히 알려 주기 위한 인디언박물관 구경도 흥미로웠다. 늦은 저녁 어둑어둑한 시간에 안내인이 귀신 이야기를 관광 상품으로 만들어 긴 거리를 안내하며 들려주는 것도 재미있었다. 나이 든 사람이 따라다니기에는 힘에 겨웠다.

부차트 가든(The Butchart Gardens)은 부차트 부부가 산을 개발해서 시멘트 생산 사업으로 부를 이루었는데, 그 시멘트를 보스턴에서도 가져다 썼다고 한다. 부차트 부인이 개발로 인해 폐허가 된 산에 나무를 심어서 만든 정원은, 아름다움이나 규모 면에서 세계적으로 훌륭한 관광 코스라는 탄성을 사고 있다.

이번 여행은 도시를 걸어 다녀야 했으므로 네거리의 신

호를 잘 지켜야 하였다. 걸을 때 맨 앞에 딸과 사위가 걸어가고, 그 가운데는 작은 외손자가 재롱을 피우며 걸어 다녔다. 그 뒤로 조금 떨어져 큰 외손자가 걷고, 그 뒤로 내가 걸어갔으며, 맨 뒤로 할아버지가 느린 걸음으로 따라다녔다.

신호등이 있는 건널목을 지날 때마다, 큰 외손자는 뒤돌아보며 할머니 할아버지가 잘 따라오시나 확인하는 것을 보았다. 어느새 노인들을 염려해 줄 나이가 되었구나. 큰 외손자의 기특한 염려가 고마웠다. 나는 할아버지를 돌아보느라 바빴다. 그렇게 해외여행을 2박 3일 다녔다.

좋은 습관은 올바른 교육에서

여섯 살 된 둘째 외손자는 먹성이 좋은 아이다. 식욕이 왕성하며 먹는 것을 좋아한다. 저의 형과 또래 아이들보다 체격이 크고 통통하다. 식구들도 모두 식욕이 왕성한 아이로 알고 있다.

그런데 그 녀석은 이상한 버릇이 있다. 항상 식사 후 화장실에 가서 변을 본다. 저의 엄마 아빠도 그러려니 하고 큰 관심을 안 두는 것 같았다. 한번은 온 가족이 한국 식당에 가서 저녁 식사를 할 기회가 있었다.

둘째 외손자가 저녁을 먹고 화장실에 간다고 하기에, 나는 다른 식구들이 계속해 앉아서 식사하도록 하려고 내가 데리고 다녀오겠다고 하였다. 6살 어린이라 여자 화장실로 데리고 가자, 혼자 들어가겠다고 하기에 문 앞에서 기다렸다. 화장실은 한 사람씩 들어가는 곳이었다.

잠시 후 뒤돌아보니, 여자 세 명이 줄을 서 있는 것을 보고 미안한 생각이 들었다. 다시 보니, 두 사람이 더 와 다섯 명, 나까지 여섯 명이 줄을 서 있는 것이었다. 나는 말을 못하고 몸이 달았지만, 손자를 나오게 할 방법이 없어서 서 있기만 하였다. 여자들은 기다리다 못해, 남자 화장실에 다녀가는 것이었다.

한참 만에 외손자가 나오기에, 변을 봤느냐고 물어보았더니 못 봤다고 한다. 제 딴은 식사할 때마다, 많이 먹으므로 당연히 변을 봐야 한다고 잘못 인식하고 있었다. 어느 날 딸네 집에 갔을 때, 외손자를 앞에 앉혀 놓고 사람은 하루에 변을 한 번만 보는 것이 정상이라고 설명해 주었다. 먹을 때마다 화장실에 가는 것이 아니라고 일러 주었더니, 그 뒤로 잘못된 버릇이 고쳐지고 정상 습관을 갖게 되었다.

3년 후 큰 외손자가, 콜린이 화장실 가는 습관을 외할머니가 고쳐 주었다고 이야기하는 것을 듣고 깜짝 놀랐다. 큰 놈이 어떻게 기억을 하고 있지? 그래서 좋은 습관은 올바른 교육에서 나온다. 동물은 본능만으로도 살아가지만, 사람은 반드시 올바른 교육이 필요하다고 생각한다.

출생 전에 엄마로부터 태아 교육을 받고, 유아와 청소년기에 가정과 학교 교육을 또 청장년이 되면 직장과 사회 교육을 자연스럽게 받아서, 노년이 되면 느긋한 마음으로 생활을 세련 시키며 살게 된다.

그래서 80세쯤 되면 세상을 달관하게 되며, 사물을 꿰뚫어 보는 눈이 하나 더 생긴다. 그러면 사물을 볼 때, 내 처지에서만 보고 판단하지 않고 상대방의 처지에서 생각할 수 있는 안목이 생긴다. 그때 관용을 베풀 수 있을 것이다.

어린 손자의 마음 씀씀이

올봄에 나이 많은 우리 노부부가 적적하게 사는 집에 어린 손자가 왔다. 그동안 손자가 몰라보게 많이 컸구나! 이 세상에 손자를 보는 순간만큼 기쁜 일이 또 어디 있을까.

가을부터 봄까지 시애틀 우기를 지루하게 지내실 부모를 위하여, 아들과 며느리는 다음 날 저녁에 우리 부부와 손자를 레드몬드 매리모어 공원으로 데리고 가서 캐나다 곡예사들이 와서 공연하는 서커스 구경을 시켜 주었다. 아들과 며느리는 시애틀에서 공연하는 서커스 입장권을 시카고에서 미리 사서 왔다. 어린 손자가 할머니 할아버지 사이에 앉아, 전율이 넘치는 곡예와 묘기를 즐기는 모습이 귀엽기가 그지없었다. 기계가 지배하는 요즘 세상이지만, 서커스는 오직 사람만이 할 수 있다고 생각하며 자리에서 일어났다.

며칠 후 어린 손자는 저의 엄마가 사 준 미니 콘 아이스크림을 가지고 와서 할아버지께 드리는데, 똑같은 아이스크림을 양손에 하나씩 쥐고 할아버지 앞에서 둘 중에 어느 것을 드시겠느냐고 묻는 것이었다. 그 모습을 보는 순간 나는 감탄하였다. 더구나 어른이 시키지도 않았음을 알고 놀랐다.

할아버지께 아이스크림 하나 가져다드리는 것과 두 개를 들고 가서 어느 것을 선택하시겠느냐고 우선권을 물어보는 것과는 어른을 배려하는 속뜻이 다름을 나는 느꼈다. 겨우 네 살 된 손자는 과연 우리 손자로구나. 고맙다.

데이케어에서 기어다니던 우리 손자가 앉아서 장난감을 가지고 노를 때의 일이다. 저의 반에 새로 들어온, 겨우 기어다니는 아기가 저만큼 있는 장난감을 잡으려고 애쓰는 모습을 보고, 우리 손자가 그 장난감을 아기 앞으로 밀어주었다. 우리 손자의 행동을 보고 놀란 선생님이, 우리 며느리에게 이야기해서 나도 알게 되었다. 우리 손자의 마음 씀씀이를 매우 기특하게 여겼다.

그 후에 손자는 또래 친구가 다리에 깁스하고 답답함에 일어나려고 애를 쓰는 모습을 보자, 자기 어깨를 붙잡고 일어나도록 어깨를 내주려고 한 일도 있었다. 선생님은 그렇게 하면 손자까지 다친다고 하며 못 하도록 말렸다는 이야기를 어미가 듣고 와서 나에게 말해 주었다. 우리 어린 손자의 인성은 제 엄마 아빠를 쏙 빼닮았다고 생각하고 싶었다.